無人百貨

KHARON

TAKKI MA

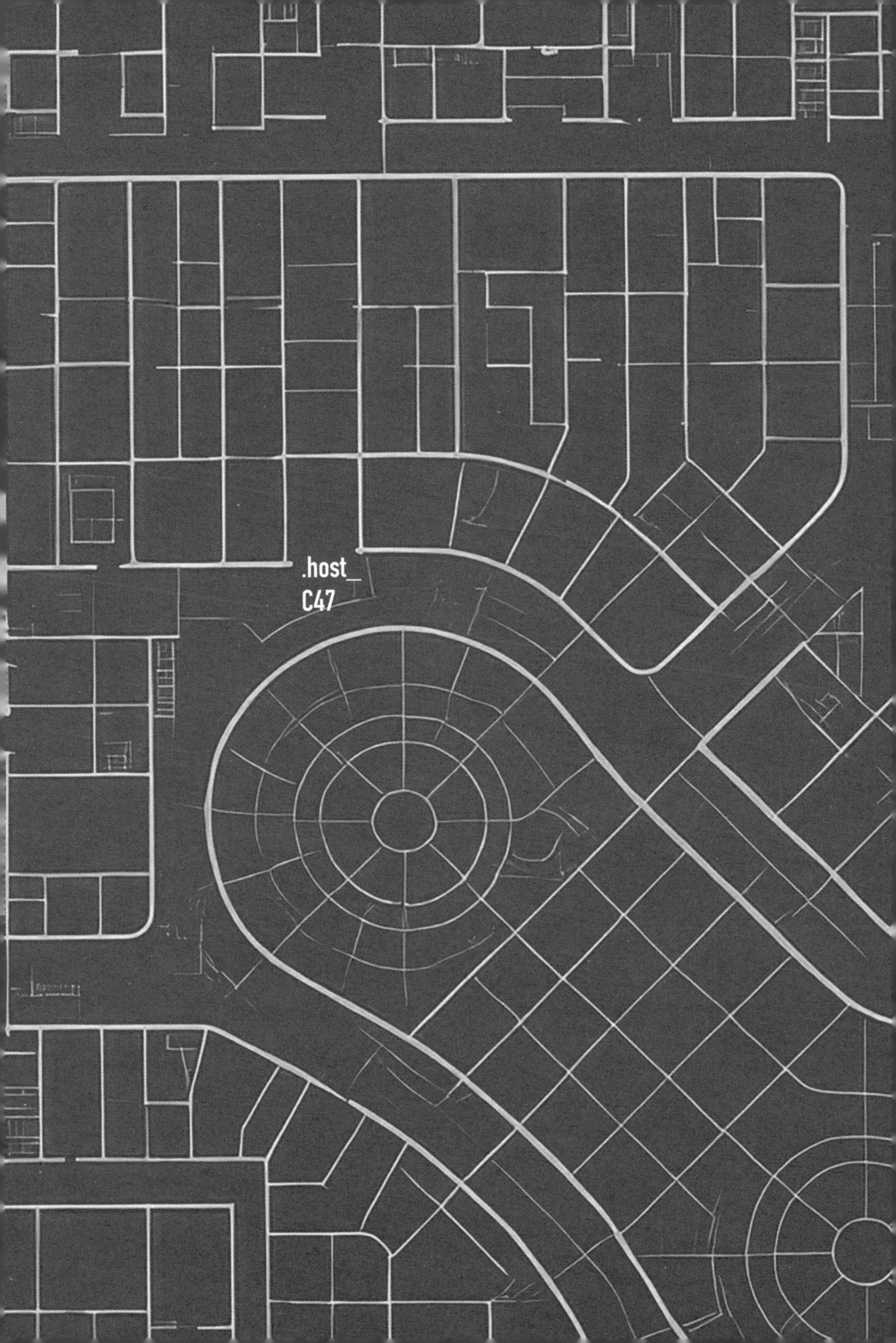
.host_
C47

目錄

//LAYER
導入

冷氣再強，車廂還是一陣夏天特有的濃烈狐臭。

特約廣告廣播幾乎每個站都至少轟炸乘客一次，提醒乘客▶▶▶商場爲期一週的酬賓購物祭。

一對情侶挨着扶手，二十來歲，可是二人臉容已略帶滄桑，神色繃緊。女生束着馬尾，衣著樸素，唯一妝容就是兩個黑眼圈。男生比她整整高一個頭，古銅膚色鋼條身型，比不少職業運動員還健碩，但後腦已開始冒出少許華髮。

他們已經忍耐了酬賓廣告不下十次。

「換成是你，捨得丟下急症室的手足不顧嗎？」男人的聲線沉穩有力，可是他正處於下風，妙語連珠從來不是他的專長。

「我留在急症室不會有事，但是你在 BA team 待下去，總有一天我會在急症室見到你被人橫抬進來呀！」女方得勢不饒人，繼續道：「勇哥頭七未過，他才不會想這麼快見到你！」

「不如我們月尾去泰國散散心，讓頭腦放空一下再談好嗎？」男人語氣故作輕鬆，反而令氣氛更加突兀尷尬。

女生不和他的目光相接，望着手機答道：「每次你想逃避總是這樣。」

男人深深吸了一口氣，此刻他寧願裸裝衝進火場救人，也不想繼續談下去。半晌，他彷彿想通了似的，望了一眼女生問道：「那你想怎樣？」

「我不想強逼你決定甚麼。」女生語氣平靜而堅決：「但是你必須作決定，好好想淸楚我們未來怎樣走下去。」

「走下去？甚麼意思？」男生一臉不懂，但心裏隱隱明白。

女生終於抬起頭，跟男生的視線相對：「樂，那天在萬國扶靈，我見到勇嫂捧着勇哥遺照出來的時候，我好像見到未來的自己，相中人是你。如果我們繼續這樣下去，這天必定會到來。」

「我們分開冷靜一下好嗎？」語氣平淡，眼神銳利中透着失望。

男生眼中的時間突然變得極之緩慢，自己彷彿陷入一款射擊遊戲的道具選單畫面，可是男生卽使再費勁找，也沒有找到適合的道具或對白去回應。

「霖！」男生沒料到他馬上就要失去一段快將成熟結果的感情。他感到天旋地轉，xxx 酬賓購物祭的錄音突然變得扭曲刺耳，陽光刺眼得令人無法視物。整個世界好像突然發出巨大響聲崩裂了一樣，男生、女生、車廂……一切都往下沉，完全沒有出路。

※　※　※

陳啟樂完全記不起自己爲何會站在商場大堂中間，他感覺就好像站着昏睡，突然醒過來一樣。

他環視四周，身邊密麻麻站滿了跟他差不多的人，他猜現場不下七、八十人，大家都在張目四顧，掏出自己的電話看訊息，陳啟樂也不例外。

下午三時許，沒有訊號。

有位長者仍然試着撥號打電話，很用力地「喂！喂？」，彷彿放大嗓門會令訊號增強。

這不可能是城中最大的▶▶▶商場，至少下午三時不會如此燈火闌珊，更不用說完全沒有手機訊號，這不合理。自己到底怎麼會來到這兒的？陳啟樂用力地回憶最後的印象，明明自己是跟曼霖一起乘鐵路到市政醫院上班，跟▶▶▶商場幾乎是完全相反的方向。

「無論是甚麼人搞惡作劇也好，我認識很多猛人！你們跟我搞事，我跟你們沒完沒了！」有大漢對着保安鏡頭不停咒罵。

對了，霖在哪？陳啟樂再來回掃視人群，沒有張曼霖的蹤影，他望着手機「無訊號」的圖案，心想先到外面再說。似乎不少人也跟他一樣想法，群眾開始四散，尋找出口。

▶▶▶商場是全城最大的綜合消費場所，佔地近二百萬平方呎，發展商曾自詡比曼谷的中央世界商場還要大。然而對於急着找出口的人來說，這可不是甚麼賣點。

陳啟樂左拐右轉的好不容易走到其中一個主要出口，只見已經有人比他先到。一個比他還要高半個頭的禿頭巨漢正躁狂地猛蹬着玻璃門。

「沒用的，這是超厚鋼化玻璃，被小型貨車撞到也未必會碎。」陳啟樂善意提醒。

禿漢冷冷瞪了他一眼，退後兩步。

陳啟樂走到玻璃門前，玻璃都用了不透光磨砂處理，完全見不到外面環境。他用力試了不同角度或推或扯，也試過敲打一般玻璃門尋常較脆弱的位置，毫無效果，如果火場遇到這種門他只能認栽了。

他轉過身向巨漢攤手示意放棄，對方只是「哼」一聲不答話。

也許只是這扇門不通而已，陳啟樂心中安慰着自己，心底卻不自覺作了最壞打算，既然這兒被封得滴水不透，其他出口大概也一樣。他往第二個出口走了沒多久，見到有人迎面而來搖頭示意，似乎此路同樣不通。

陳啟樂不再繼續去其他出口碰運氣，他朝着不太起眼的方向急步走，那是員工通路及消防設施的方向，望到天花板的消防標示，很快找到了藏得很隱蔽的後勤通道。

消防出口果然一如所料，似乎已預先被完全鎖死。陳啟樂微微苦笑沒有太過氣餒，三步併兩步跑上一樓保安室方向。

就算找不到半個員工，至少可以快速掌握狀況——這麼大的商場，必定有很多保安鏡頭，當中肯定有相當數量是指向街外的，必要時可以觸發消防警鐘，這樣肯定會有人前來救援。可是，他心中有一把聲音隱隱在說：既然主使者能夠將這麼大的地方變成手機訊號黑洞，封死所有入口，保安室大概也不會有甚麼發現。

到底是甚麼人，有這種財力去做這種事？為了甚麼？

很多一線城市都有旗艦級巨型商場，共通點是員工專用的後勤區域有如一個小城市，沒有熟人帶路的話很易困在入面繞圈子，久久也走不出來。保安室更加刻意設計在較隱蔽的地方，避免閒雜人等干擾。這兒的規模似乎比陳啟樂認知中的商場大了不知多少倍，直達「不合理」程度。

陳啟樂即使久經消防訓練，也花了一點時間才找到後台控制室。

推開門，保安鏡頭都如常運作，房中空無一人，任何污損痕跡或擺設都被清理得一乾二淨，彷彿從來就沒有人來過一樣。

陳啟樂檢查操作台的幾個保安鏡頭屏幕，這只是東翼的下層部份，似乎上層還有另一個保安室在某處。屏幕顯示剛才的人群已經四散在不同地區找出口。他翻弄着操作台的鏡頭，嘗試尋找潛在的出口或者任何跟外界聯繫的方法。

可是四組鏡頭顯示的畫面跟商場相同，空無一人，在繁華的市中心區來說，這是完全不可能的事。要麼有某種奇怪的力量將整個商場完全隔離，要麼保安鏡頭的畫面也許是假的。當然這兩個可能性可以同時存在。

案頭的舊制式有線電話傳出空號提示音，顯示地線電話網絡無法連上。陳啟樂猜緊急消防系統的連線大概也被截斷。他嘗試撥去廣播模式，看看能否協調群衆不，可是正當他想按「廣播」鍵時，系統突然切換成藍畫面，中間只有一個撐船人圖案。

揚聲器傳出一把專業的電子男性錄音：「客戶廣播：所有人 5 分鐘內請馬上到東翼大堂集合，如需協助，請參閱商場地圖。」

「遲到或違反指示者將會死亡。」

廣播重覆了兩次，可是商場內仍有相當部份的人不以爲忤，慢條斯理的繼續閒蕩。

※　※　※

「大家好！這是詩小姐突發直播，這兒雖然沒有網絡，詩小姐仍然會盡力將現況紀錄，待網絡恢復就會立即爲你上傳！」

關雅詩身材本來就高眺，挽着法棍包款式手袋，腳踩 4 吋高跟涼鞋以及一身白色緊身連身裙，人群中她就好像某位預備走紅地氈的名媛。

她對着電話繼續錄影：「剛剛我們聽到商場廣播，表示如果無法抵達東翼大堂就要死。到底這是恐怖份子行動？還是高成本的整人節目？眼前所見，仍然有不少人沒有認真看待剛才的廣播，雖然商場所有的店舖都關了門，但仍有好些人在悠閒地到處逛。究竟時限一到會發生甚麼事？」

「我沒認錯人吧？！亞洲首富杜永權先生，不會真的是他吧？」詩小姐突然將鏡頭對準人群中一位不起眼的老商人。她高跟鞋「咯咯咯」的急步朝老商人走過去，邊走邊揮手喊道：「權叔！你竟然都在這兒嗎？」

老商人聞聲大吃一驚，馬上示意詩小姐不可揚聲。他大約六十開外，一頭鐵灰短髮，比關雅詩還矮了少許，一身低調說不出來歷的西裝，詩小姐知道那必然是聘請一流裁縫量身訂製的。

她打足十二分熱情，上前摟着對方的手連珠炮發：「杜先生你好呀！這麼巧！我還是叫你做權叔好像比較好哦？我是C潮頻道的詩小姐關雅詩，專門報導潮流時尚、美容健康以及城中熱話！現時快將接近十二萬訂閱戶哩！請多多指教！對呢，權叔你來這兒是巡視業務還是打算收購這個發展項目？可以分享一下嗎？」

杜永權被她纏上了哭笑不得，平時身邊保鑣們早已把這女的攆出去了，現在只能希望她盡快冷靜下來，避免招惹更多人注意。他豎起了手指，噓聲道：「小聲點，我們先找個安全的角落先觀察一下情況，有勞你扶我過去了，謝謝。」

東翼大堂中央有一巨形屏幕牆，平時都在重覆播放無意義的廣告短片，現在漆黑一片，只顯示着倒數時限。

大部份人群開始依照指示聚集，有人要求負責人快點現身，亦有人猜想這是落足成本的整人綜藝節目，等一下大概就有甚麼集體惡作劇。

果然，倒數最後數十秒數字變成紅色，最後換成一個撐船人的圖案。

廣播的電子男聲再次響起：「時限已到，多謝各位合作。現在啟動排除程序。」

「甚麼排除程序？」好些人擔心排除程序要排除的是自己。

這時，地上所有入口亮起了紅色的雷射投映警告圖案，上面寫着「禁止內進 / No Entry」字句，接着大堂外就傳出一些類似大型自動打蠟車的聲響。

「歡迎各位參加《無人百貨》高風險眞人秀，由現在起，所有參加者將會經過五個關卡考驗，成功通過所有關卡的朋友，可以獲得巨額獎賞，以及活着離開這裏。」

電子主持最後一句有如在群衆中投下震撼彈，人群馬上躁動不安，「果然是眞人秀」「我一早就看穿了」「我可沒有報名喔」「怎樣退出」「你這是在殺人嗎」等回應不絕於耳。

詩小姐雙眼瞪得老大，仍然高舉手機自拍：「高風險是甚麼意思？是不是會受傷或者損失很多錢？活着離開是眞的會死嗎？權叔你事前知道這個安排嗎？」

權叔好不容易才掙脫詩小姐的糾纏，想不到馬上又被逼當上她的直播嘉賓，他不便發作，只是客氣地搖搖頭示意不知道。如果能夠聯繫上集團的人，哪怕只是停車場的小職員也好，杜永權馬上可以調度北半球大部份資源前來救援，身爲杜龐生命集團的董事會主席，他甚至能夠左右不少一線國家的政治決策。

但是這兒他只是一個普通的老頭，被一名急於求名刷流量的女網紅死纏不放。

電子男主持的聲音再響起：「各位現在身處的商場，跟外界完全隔絕，所有無線及有線通訊都已被截斷，一切出口以至下水道等等，亦已全部進行隔離。唯一離開的方法，就只有完成所有遊戲關卡。」

「未來一星期，各位將會經歷五大關卡挑戰，所有活着完成關卡的參加者，將會得到『魂幣』作獎賞，每個關卡難度會升級。」

「魂幣將會是各位在『無人百貨』起居作息的關鍵資產，使用本商場一切設施及服務，均需要支付魂幣。」

畫面切換成常見的男女模特兒，一臉誇張神情的在商場餐廳享受佳餚、盡情購物、安心休息，就是尋常不過，大家腦袋會自動濾走的廣告宣傳片。畫面一轉，顯示一個清單：

◆使用廁所
◆基本膳食（梳打餅、麥皮、水、白灼蔬菜）
◆洗澡（包沐浴用品）
◆享用美食廣場膳食
◆尊貴膳食
◆1小時觀看電視台或網絡影片娛樂
◆一次危機免死支援（可轉讓）
◆急救藥品
◆私人休息空間

詩小姐見到畫面瞠目咋舌，十足她影片預覽圖上的模樣。她又再拉住了杜永權的手：「怎可以這樣？我上洗手間都要付錢？未來幾天只能吃麥皮？我才不信這麼大的一座超級商場，居然找不到別的東西吃。」

杜永權不置可否，只是客套又帶點尷尬地微微一笑，然而他雙眼透出銳利的目光，快速掃視人群，尋找潛在的盟友。或者敵人。

電子男主持帶着興奮語氣繼續道：「現在講解第一個熱身關卡！平日踏入百貨公司，大家是否礙於銀彈有限，未能盡情搶購心頭好呢？」

「接下來，各位可以直入著名的 xxx 百貨公司，免費任意拿取自己喜歡的貨品！規則很簡單，只要直接手持貨品走過收銀處，該貨品就屬於你，如多人合力搬抬同一貨品，則以第一位越過收銀處者作準。」

顯示屏播放 xxx 百貨公司內部各貨架現況，有高級家品、最新式的電子產品、名酒、男女服裝、小童以至大人玩具……這幾乎是將所有想得出的商品都擠進同一家百貨公司內。

衆人情緒明顯由剛才抱怨變成期待甚至興奮：這實在太幸運了！居然處身於超級真人秀當中，似乎沒有人再想起剛才廣播中關於死亡的部份。

「只要搶購的貨物總額每達 5 千元，馬上就可以換到魂幣獎賞！表現最好的五位參加者可以得到鉅額魂幣獎金，更可獲得額外優勢迎戰下一關卡！」

人群中有個男人故意作狀打了很大聲的呵欠：「你們搶個夠，我寧願回家了！」說畢，一位中年漢從人群中走了出來，朝着「不准內進」的警告標示方向走去，他這麼一走，不少人也和應，作勢欲動。

警告標示「茲」一聲亮起紅光，一台聚光燈打在那位中年漢身上。主持繼續道：「本關卡爲熱身回合，不設傷亡環節，但爲鼓勵參加者遵從指示，大會專程提供參賽守則示範，請留心觀看。」

聚光燈由中年漢馬上轉到大堂一台升降機上面，只見升降機從寫字樓層緩緩降到商場範圍，升降機的玻璃幕牆內，清晰可見有十個人被困在裏面，有男有女，雖然距離太遠看不清臉孔，可是從他們的肢體語言來看，明顯每人都非常慌張。有人大力拍打玻璃，有人用力蹬門，極力想逃出去。

「這些是剛才不遵從集合指示的參加者，他們將會被系統排除。」男主持的語氣好像在說戲院場內禁止吸煙一樣平常。

※　※　※

同袍的死記憶猶新，陳啟樂已經由直接衝去行動的熱血消防員，變成凡事想多兩步的老鳥。

他冷靜地望着困在升降機裏面的人，盤算着如何打開升降機門，正常來說在保安室可以控制升降機的運作，但這個保安室明顯受過改裝，已失去大部份功用，在這個違反常識的環境當中，似乎按常理的判斷都不太行得通。

如果這兒的消防斧沒有被抽走，事情會好辦得多，不然把美食廣場的金屬椅腳拆下來，也可以權充撬棍使用，再找三兩個力氣較好的人幫忙……

「排除程序開始。」

升降機傳出一陣零件轉動的聲音，只見升降機的天花和地板都突出一些噴嘴狀的物件。

毫無預警下，噴嘴吐出混了助燃劑的高溫火焰，整個升降機內部一下子被上千度的高溫火焰灌滿，裏面的人全部慘成火球，有一兩人盡最後力氣拍打玻璃，沒有慘叫，沒有掙扎，才不出半分鐘，升降機就毫無動靜，只有忽明忽暗的餘焰。

過程太快，大堂的群眾看得目定口呆，一時不知如何反應。

「排除程序完成，展示排除成果。」

升降機底部傳出零件轉動的聲音，升降機底部反常地分拆成大小不一的零件，逐一脫落。

「咚」一聲巨響，升降機底板連同裏面的人，從八樓急速直墜地面。

詩小姐嚇得掩住了咀巴，就連見慣風浪的權叔也禁不住「啊」一聲叫了出來。遠處的陳啟樂一刹那呆立原地，不知如何反應。

人體撞擊地面時的響聲比較像幾個很重的速遞包裹，被人從高處丟下來一樣。大多數人掉到升降機底層的維修槽裏面，有一人偏離了落點，「蓬」一聲撞上防護欄再一個翻滾掉到人眾當中，好幾位女士馬上尖叫。

被高溫烤熟的人體散出一陣烤牛排的氣味，人群中傳出反胃作嘔的聲音。沒有人敢靠近那位沒有掉進維修槽的烤屍。

除了一位束着馬尾，大學生打扮的女子完全不怕血腥焦臭，獨自走上前檢視死者。

她正是見習醫師張曼霖。

「霖！」陳啟樂推開擋在前面的人，馬上衝到女子身邊。

張曼霖雙眼通紅欲淚，她仍保持專業醫護舉止，檢視躺在地上烤成熟肉塊的人是否仍有生命跡象。

「走吧，活不成的。」陳啟樂輕輕摟着張曼霖的肩，領她回到人群當中，陳啟樂直覺地知道這時候不宜太高調。

「爲甚麼？」張淌淚嗚咽道，那是醫者的悲傷和義憤。

陳啟樂沒有回答，也不知該怎樣答，這不是以常理思考事情的時候。他們被完完全全地隔絕於外界，孤立無援，未掌握情況之前不宜妄動。

「多謝收看示範。第一關卡卽將開始，請各參加者遵從無人機指示到入口預備，違者將會被系統排除。」男主持話畢，畫面再切換成渡船伕圖案。

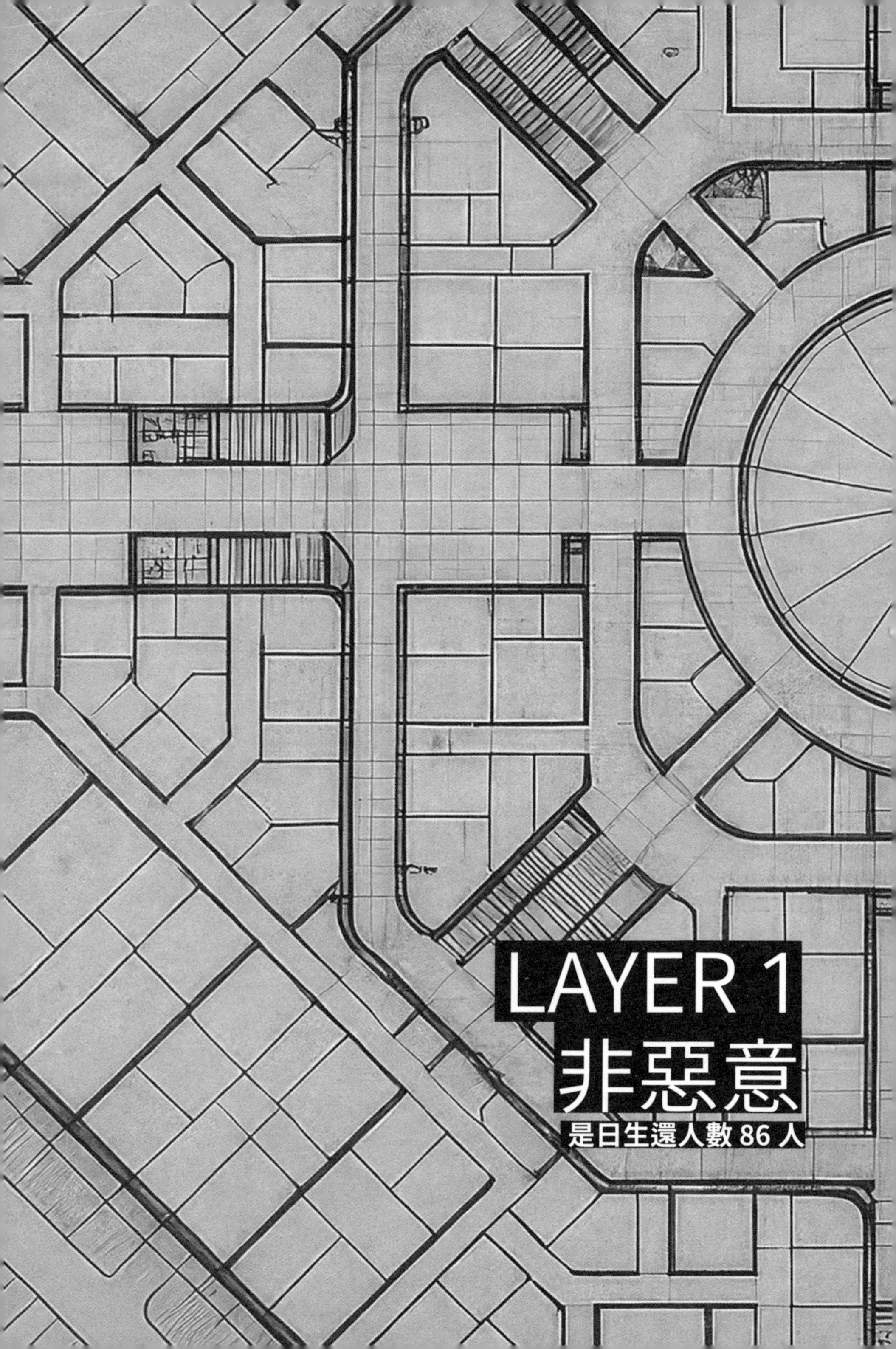

LAYER 1 非惡意

是日生還人數 86 人

每年商貿展都是城中熱話，近千名執意搶平貨的人齊集在展銷會場入口，待司儀一聲令下以饑民撲食之勢，以超低價掠購名貴貨品。

七十多人齊集在 xxx 百貨的門外，入口掛了一條彩帶，左上方是個大型電子屏幕顯示倒數開始時間，下面是三十分鐘的掠購時限。如果不是經歷過剛才的處決場面，也許氣氛會相當興高采烈，不致現在般詭異。

大家屏息靜氣，等待訊號一響就衝往目標樓層搶貨。

人群較疏落處，吳皓熙緊張地來回踱步，14 歲的他沒有足夠體格擠到前方，也不會有人視他爲弱者加以禮讓。他想找個人問到底發生甚麼事，下一步該做甚麼，可是開不了口。明天數學的概率測試他本來打算晚一點溫習，現在無端端被困在一個巨大商場，完全聯繫不上家人朋友，這兒也看不到任何同齡的參加者。

直至他見到比他高一整個頭的同班同學。

「嚴澤峰？」平日吳皓熙會裝作看不見眼前的霸凌慣犯，悄悄繞路離開，現在他好像溺者見到眼前有浮木，激動得幾乎想擁抱對方。

「龜熙？」對方也是驚喜莫名，畢竟剛才升降機的場面對於中三學生來說衝擊實在太大。二人簡短交換了來到商場之後的見聞，如果在平時，升降機焦屍那一幕大概足夠他們說整整一個月，現在大家面色一沉，很快就沒說下去。

二人心中也清楚明白，這個「遊戲」當中，搞不好自己也會被抓到升降機裏烤成焦屍。

「待會兒你打算搶甚麼貨品？」吳皓熙馬上轉換話題。

嚴澤峰笑了，伸手用力拍了對方額頭一下：「龜熙你真蠢，我怎會這麼輕易被你猜得到？」

吳皓熙吃痛陪笑，仍在嘗試討好對方：「如果是大件的貨品，我可以幫忙一起抬喔。有多一個人幫忙要通關也容易得多。」

嚴澤峰上下打量自己的同學，用力一掌拍他額頭：「龜熙你有氣力嗎？速度你是龜速。哈哈！龜速……說得真貼切！一會兒要我等你，本來搶到的也變搶不到了。我才不想被拖後腿咧！你先照顧好自己再說。」說畢又是一掌。

吳皓熙自討沒趣，一邊揉着被刮得疼痛的額角一邊遠去。這個商場變幻難測，超乎現實。他回首望向嚴同學方向，心想有些事情總是永不改變。

三十分鐘的行動時間，表面好像很充裕，但是要往返不同樓層，跟數十人搶佔貴價貨，五千元這個目標似乎也不容易。尤其自己孤身一個，辦得到嗎？

大概自己也會被關進升降機處決吧？那些大概是很逼真的特效是吧？雖然他嗅到那種好像牛扒摻雜烤雞的屍臭味道時，好不容易才強忍住沒有反胃嘔吐。「遇到同伴」的興奮很快冷卻下來，唯一能依靠的只有自己。

※　※　※

杜永權努力地忽視身後的詩小姐，雖然他保養得宜仍饗女色，卻很討厭不請自來的投懷送抱。

這個關卡講求爆發力以及力量，兩者都不是他的長處，他身後那位女士大概也好不了多少。

他需要合作伙伴。剛才跑出來的一對男女貌似熱心助人之輩，尤其那位女的居然會爲陌生人淚眼嗚咽，同情心必然泛濫。男的看樣子體能不差，似是從事體力相關行業。

杜永權吃力地在人海中來回掃視，終於在前方邊陲位置找到那對男女。他馬上動身擠過眼前的人群，可是似乎沒有人願意讓路給他。

「怎麼了？」詩小姐在後面抱怨道。

「看到前面那對男女嗎？」他朝陳啟樂方向指了指：「留意他們的動向，如果等一下遇上了，找他們一起合作。」

詩小姐不解道：「合作？爲甚麼？他們會願意嗎？」

「會合作的，他們很想幫人。」

xxx 百貨有整整八層，最底層是販賣食物以及乾濕貨的超級市場，然後依次序是家品部、出售各種玩具及兒童用品的趣玩天地、女性護理、男女時裝部、傢俬、電子產品，最高一層是鐘錶珠寶，也是最多人鎖定的樓層，因爲裏面的貨物價格高，體積小，很容易達到目標指定的金額。相反，第一層超級市場自然就是最不受注目的樓層，因爲多數貨品價格低廉，體積通常較大，時間所限，並不划算。

距離開始時間不足一分鐘，後排的人已經躁動不安，數度推擁前面的人，人潮像日本清晨的通勤鐵路一樣推前擁後。在起點前方地面是大型的鐳射投映，上面是紅色的警告字句「禁止內進」，衆人經歷過升降機後，沒有人夠膽踩進禁區內。

可是後排的人潮仍然不住往前擁，終於前方有一位將近兩米高的巨漢轉身怒喝：「推你媽的！推夠了沒有？」正是陳啟樂之在門口遇過的禿頭男子。

「還在推！趕着要死嗎？先送你進去！」禿漢一聲暴喝，抓住後面一位大叔高舉過頭，那男人雖然凸着肚子體態欠佳，少說也有兩百磅，禿漢視如無物說舉就舉起，然後大喝一聲運勁將對方投到禁區內，那男人腰背先着地，「篷」一聲巨響，被摔得一口氣接不上來，只能倒在原地低聲呻吟。

計時畫面停止了倒數，畫面顯示幾隻紅色大字「守則違反」。

電子男主持聲音響起：「所有參加者必須遵守大會規定以及指示，不得違反。」

「執行排除程序。」

突然百貨公司內亮起一閃一閃的黃色警示燈光，一台飯桌大小的無人工作車從暗處駛出，朝大叔方向駛去。

大叔掙扎着想起來，可是他還未站穩，清潔車倏地彈伸出一枝突棒，突棒前端配有套索將大叔勾倒，他單着腳拼命掙扎想站起來，這時清潔車前端再打開另一個孔洞，伸出一塊不知名的零件，零件「啪」一聲連着一條電線彈射而出，勾附在大叔身上。

大叔一邊慘叫，身體一邊不由自主地顫動，這時大家才意識到這是鎮暴用的電槍。

「無辜！我被丟過來……哎呀呀呀！」大叔被無人清潔車拖到轉角處，慘叫聲戛然而止，情境詭異實不亞剛才的升降機。

電子男主持若無其事的說道：「排除程序完成。恢復倒數。」

禿漢絲毫不以爲忤，反而一臉滿意微笑：「混蛋們！敢再推啊？快推呀！」

計時數字轉爲紅色，進入最後 10 秒倒數。

屏幕顯示「開始」一瞬間，時間對吳卓熙來說彷彿靜止，切斷了一大截，再重新接駁。下一剎他回過神的時候，自己已身處3樓的趣玩天地，拿着一盒有點貴的樂高模型。人們紛紛從他身邊經過，玩具的價值太低，大家都想搶先衝到電子產品和珠寶區掠奪最有價值的貨品。

突然有人用力拍打他的額頭：「龜熙你果然還是小孩子！居然挑玩具！」

吳卓熙吃痛回過神，只見到嚴澤峰抱着兩件上千元的名牌運動風褸，距離5千元的目標已幾乎拉近一半。自己手中才四百多元的模型玩具相比之下，實在差天共地。

「我先結帳了，拜拜！」嚴澤峰一轉身已消失不見，吳卓熙急欲追上，可是出口擠滿了想往上衝以及往下結帳的兩群人互相推擁，有人大打出手，貨物被打跌掉到樓下，吳卓熙一時無法擠過去，只好退回玩具部，也許再拿一點較貴重的貨品吧。

才走不到幾步，吳卓熙聽到身後傳來一位小女孩的聲音。

「爺爺，我要這個熊布偶。」似乎只是三、四歲左右，這麼小的孩子來這兒幹甚麼的？吳卓熙轉過頭望過去，只見一位老人抱着孫女，比他更無助地迷失在貨架之間。

「晴晴，這不行喔！我們要挑價錢貴的東西，這布偶才兩百多塊，我們要找更貴的東西啦！」

「我要這個！」似乎小朋友沒有「平貴」的概念，聽不懂老人的說話，啜起小嘴醞釀着要鬧情緒，開始想掙脫落地。

「晴晴你不能落地啦！很多人衝過來，爺爺很易丟失你啊！」爺爺騎虎難下，順着孫兒會很麻煩，不順她更麻煩。

吳卓熙終於忍不住上前：「伯伯，我來幫你拿大娃娃，反正我也拿不了其他玩具。小朋友再拿個小一點的東西好嗎？」

老人眼中滿是感激之情，小朋友拿到心愛的玩偶，也很快聽話沒有再鬧脾氣。

「樓梯的人潮散了，不如我們先到一樓去結帳好嗎？」

老人連忙點頭。

※　※　※

∞樓珠寶部可沒有樓下那麼和平，剛才把人丟進禁區的禿漢一馬當先，揮拳蹬腿，粗暴而直接地將阻礙他的人全部攆走。

甫踏足珠寶部，禿漢已大喝：「這個專櫃的東西都是我的，誰敢跟我搶我就打死誰！」

有一大漢仍未見過他的手段，上前恫嚇道：「這兒你買下了呀？誰怕誰？」

衆人還未反應得及，大漢已滿口鮮血坐倒地上，禿漢額頭還沾着一點血漬。

其他人見狀，紛紛避得遠遠的。

禿漢掠光了一整個專櫃的珠寶還不滿足，他見到前方有好幾人圍在名錶專櫃，他弓起身體，炮彈似的一把撞過去，人群好像保齡球一樣被撞得七仰八翻，好幾塊專櫃玻璃更被撞跌摔成粉碎。

「這些我都要了！」禿漢伸手就抓走了好幾隻名錶，少說也有好幾萬元在內。

「喂！你這樣太過份！」後面傳出一把女聲喝道。

禿漢轉身，只見一名大約二十來歲，樸素打扮，束着馬尾的女子在怒瞪着自己。

禿漢見到她懷中的一盒名錶，獰笑道：「又來一個想當超級英雄嗎？老子就先搶你的。」

女子雖然緊抱着懷中的名錶，氣力全然不是他的對手，嚶然尖叫整個人被推跌在地。

突然禿漢下巴劇痛，整個人向後踉了一步，手中名錶還沒拿穩已被奪走，禿漢這才意識到自己被人結結實實的打了一拳，而且氣力不輕。

女子身邊多了一個人，正是陳啟樂。

「女人你也欺負？你算甚麼男人！」陳怒罵。

「嘿！現下沒空理你！」禿漢不以爲然的揉了揉下顎，啐了一口轉身離去。可是他走不過幾步，一邊走一邊隨手拉倒沿途的貨架：「你們慢慢挑吧！」

「嘭啦嘭啦」的珠寶首飾混着玻璃碎狼藉一地。

「好好挑貨吧！嘿嘿嘿！」禿漢說畢就揚長而去。

「霖，你沒受傷吧？」陳啟樂伸手扶起張曼霖，張搖頭示意沒事。

陳啟樂環視四周，才不出數分鐘的功夫，整個珠寶部已經被掠購一空，大家見到再無貨可搶，紛紛散去。好些人手中淌血，大概是剛才伸手翻掏玻璃碎中的貨物時被割傷。

「樂，我們到樓下吧，只怕電器部也被清空得差不多了。」張曼霖點算二人的戰利品，大約萬多元左右，勉強夠應付大會的最低要求了。

剛才那位禿漢這樣四處強奪，到底搶了價値多少錢的貨？少說也有數萬元吧？張曼霖不禁搖頭。

珠寶以及電子產品樓層已經被一掠而空，傢俬因爲多數貨品體積過於龐大，不利搬運所以乏人問津。樓下的時裝和女性護理部門成了新戰場，不少人開始大打出手。

※……………………※　※

嚴澤峰第一波搜掠得手，成功奪取兩千多元的大褸，食髓知味再跑上時裝部，可是這次已經聚集了一大堆人跟他一樣，希望掠取一些輕便價高的成衣。還好少年童裝仍未算太多競爭對手，雖然童裝不及成人服飾那麼高價，三數件拼湊下去仍然有不錯的金額。名牌童裝褸用料甚厚，嚴澤峰雙手環抱着五、六件只能勉強走動，他小心翼翼避開人流最多的地區，朝一樓收銀處出發。

他身後幾位中年大媽正在苦惱無法入手有價值的東西，愈說愈焦急。

「我們豈不是要死在這兒？我家中孩子在等我回去！」其中一位大媽急得快哭出來：「我們不可以這樣空手回去，等一下！」突然幾位大媽靜了下來，朝他的方向竊竊耳語。

嚴澤峰感到背脊一涼，下意識他知道自己剛被鎖定成爲獵物。一陣急促而凌亂的腳步聲從他後面傳過來，嚴澤峰由急步轉爲發足狂奔，有一件童裝弄丟了，不要緊。

必須衝到電梯口，有其他人掩護下就可以逃脫。

有甚麼東西打中他的後腦，力度不怎樣沒影響他的步伐，可是左邊有人用力扯住了他的手，然後右邊也有。嚴澤峰整個人失去平衡仰翻倒地，他勉強見到有兩、三個大媽圍住自己。

「我按住他！」其中一位大媽喊道，說畢一屁股坐在他臉上。嚴澤峰感到自己懷中的東西都被掏個清光，壓在他臉上的大屁股才施施然離開。

嚴澤峰沒有馬上站起來，他緩緩以雙手掩面，第一滴眼淚流出來之後，其餘的淚水再也禁收不住。

※　※　※

到家品部搶貨的人一般都有點年紀，他們通常體能都不是太好，所以攻擊性也沒有樓上那麼強。吳卓熙跟爺孫一起搜尋較高價值的家品，名牌電飯煲、熱水壺這些早已被人捷足先登搶掠一空。兩爺孫難以走近衝突比較多的旺區，三人盡量挑一些冷門的方向，不久吳已經抱着一座價值數百元的假花連玻璃花瓶。

「老爺爺，那些香薰油補充瓶的售價應該也不低。我記得媽媽添購時抱怨太貴。」吳卓熙指着遠方一個不太起眼的貨架說道。

孫女糾正他道：「爺爺不是姓『老』，他姓趙，跟我一樣，我也是姓趙的哦！」

吳卓熙連忙賠罪道：「不好意思，趙爺爺和趙小妹妹。我叫吳卓熙。」他拿起一瓶香薰油，4瓶裝補充劑賣100元。

表面不是太值錢，但是體積也不大才手掌大小，吳卓熙自己就可以輕鬆拿走十來盒。他朝趙爺爺望了望，爺爺光是長期抱着孫女雙手就已開始發麻，要他再幫手拿點甚麼都是強求了。

如果他們這樣下樓，一定會被其他人見到，這邊的貨架馬上就會被其他人搶光。趙妹妹雙手太小，體力也未必足夠拿走太多貨，至少不會有實質幫助。

突然，他留意到趙妹妹摟着的熊布偶，背上有一個大拉鍊。這不是一個單純的布偶，這是設有背包的熊布偶。

吳卓熙大喜過望，如此一來，要帶走二千多元的貨就辦得到了，他們拿掉的還不到貨架上的三份一。

「趙妹妹，哥哥要借你的熊布偶放東西可以嗎？」趙妹妹點頭。

三扒兩撥就整裝完畢，趙爺爺自然懂吳卓熙的心意，微微一笑拿了一堆不值錢的雜貨蓋在上面，三人就這樣悄悄的從人潮中退到一樓收銀處。

收銀處是自動操作，本應十分快捷整齊才是，不知怎的聚集了好些人堆在前面，地上七零八落的散滿了一堆堆破爛的貨物。有人打翻了好幾種不同的液體，摻混出一陣陣刺鼻的奇怪香味，地面變得十分滑溜，到處都是一個個灰色的濕鞋印。

「趙爺爺你先結帳吧。」吳卓熙拱手示意，順利的話，再來回一兩次，再加點甚麼雜貨應該就可以輕鬆湊滿數了。

冷不防有幾個人從暗處冒出，作勢欲搶三人手上的貨，這解釋了地上散落的殘貨和凌亂的濕鞋印。

「走！」吳卓熙不知哪裏來的力氣，推擁着趙氏爺孫急步衝往收銀閘口。趙爺爺抱着孫女在濕地上搖搖晃晃的急行，踏過「結帳」線一刻，屏幕顯示「1620元，請將貨品放到貯物箱」。

可是吳卓熙本人就沒那麼幸運，他的假花盆被人整個搶走，假花散滿一地。搶他東西的是好幾位三十來歲的健壯男子。那些人搶了他東西後馬上直奔去結帳，然後彷彿甚麼事也沒有發生似的輕鬆跑開了。

「這些叔叔很壞！」趙妹妹氣的鼓臉叉腰。

「對啊，他們專挑容易下手的人去搶。」趙爺爺附和道：「小哥兒，你沒受傷吧？」

吳卓熙搖搖頭沒有說話，這麼一搶，他依靠腎上腺支撐的氣力突然全沒了，雙足一軟頹坐在地，雙手抖個不停。

「這些人會再來的，我們下次結帳時小心點。」趙爺爺緩緩說道。

※　※　※

扶手電梯傳出連串急促低沉的「咚、咚」聲響，那是重物碰撞聲，很少人會知道那是人體滾下扶手電梯，骨頭撞向金屬梯級的聲音。

時裝部被掠刮一空後，群衆開始往下移，搜掠玩具以及其他家品，隨着高價值貨品開始稀缺，還未達到最低金額的人開始陷入一種原始的瘋狂，也就是襲擊人搶東西的本能。

扶手電梯再傳出低沉但極響亮的「咚咚」聲，這次滾下樓梯的是一位包頭的南亞年輕人，他昏倒在地沒有再爬起來，原本手上的貨物早已被人奪走。幾位精壯男子衝下樓梯，輕輕一躍從他身上跨過，其中有一位落足點不準踩到他的頭，對方幾乎跌倒，狠狠咒罵一聲就繼續衝往收銀處。

這些人抬着的是家品部最後一批貴價電器。搶購時限已進入最後數分鐘，大部份達到5千元標準的人已經離開百貨公司在外面歇息，即使最進取想爭奪排行榜首的人，隨着高價貨被掃光，回報低殘，也紛紛離場。餘下的都是未達到合格金額的人，咬緊牙關盡最後努力。

「嘩！」吳卓熙年紀輕眼力好，率先發現電梯口倒臥的南亞男子。趙爺爺和孫女緊隨其後，他們抱着平價廁紙和零食，自忖即使搶不到足夠金額，至少懷中還有點東西可以吃。

趙爺爺走到南亞人跟前，見到地上有一小灘血，他自己彷彿也感到疼痛地低吟：「哎喲，傷這麼重不得了，得快點找人幫忙。」吳卓熙點頭，跑到前面的走廊求援。

超級市場響起吳卓熙童稚未脫的呼叫聲：「救命啊！有人受傷了！」

時限倒數至最後八分鐘，仍未達標的人群退到這兒試圖以量取勝，人們不斷在吳卓熙前面往返穿插，可是沒有人停下。

張曼霖和陳啟樂剛剛從二樓跑下來，聽到吳的呼喊聲馬上趕來。

「樂！這邊！」張曼霖蹲在南亞男子旁邊檢視傷勢。

陳啟樂抱着一堆咖啡膠囊，這些東西看上去不起眼，可是稍爲懂得喝咖啡的人就會知道他懷中的貨至少價值數千元。

「我們先到收銀處，然後才折返看他吧？」陳啟樂望着遠處大屏幕的倒數時間，餘下不到五分鐘。

「不行！你看到他臉上的鞋印嗎？」張曼霖怒瞪了陳一眼，一副「你怎麼好意思說出這種話」的模樣。

「可是沒有時間了喔！」陳啟樂雙眼緊盯着遠方人來人往的收銀處，只要再結帳一次就可以確保二人有基本的生存基礎。

張曼霖的目光如電掃來，陳啟樂不禁退後了小半步，他轉身把手中的貨分別交給了吳卓熙和趙氏爺孫，說道：「上面蓋些雜物遮掩一下，這兒的東西價值大約二、三千元，小心別被搶了。」

三人大喜過望，連忙朝收銀處趕去。

張曼霖抓着南亞男子雙腿，以專業語氣指揮陳啟樂：「小心托着他的頸，先移到安全地方，三……二……一！」

二人合力把南亞男子抬到較安全的角落，張曼霖馬上檢查他的呼吸和口鼻，未見有礙。男子額頭腫了一塊緩緩滲着血。張曼霖對他再作基本檢查：「前額約有 1cm 傷口，少量瘀傷及出血，不算嚴重但需要處理。」

「聽得到嗎？你叫甚麼名字？」張曼霖以中、英文都問了一遍，南亞男子迷迷糊糊的回應「阿成」。

張再對男子作瞳孔反應測試、檢測他的身體反應，再以手機計時為男子量脈搏，半晌她才自言自語道：「GCS 指數 13，脈搏 110，可惜無法再詳細一點檢查，大概是輕度腦震盪，不知頸椎有沒有受傷。」

她慣性地脫下不存在的口罩，悻然嘆氣：「這家百貨公司好像甚麼都有，但是有需要時就連半滴水也找不到！」

她跟陳啟樂眼神對接，大家心意不言自通：丟下傷者不管，其實跟棄置他在電梯口的分別不大，剛才把人拖走的無人車可能會出現，把男子「排除」處理。

可是，留下來照顧他，就等於放棄所有搶購的機會。

陳啟樂聳聳肩，苦笑道：「也沒差，反正也不太可能再到甚麼高價貨。」

「兩位，我有個提議。」二人轉身望過去，眼前是個六十開外的老商人，他一身西裝貼伏筆挺，好整以暇地打量着躺在地上的傷者。老商人身邊是個白衣打扮的妖艷少婦，正是網絡短片中常見的小三打扮。

「有個方法可以賺走十數萬元，只要大家願意幫忙，這是穩賺的生意。」杜永權語氣好像在叫人出外替他泊車一樣輕鬆自然，如果不是由他親口說出來，大概就是標準的電騙劇本了。

杜永權指着藏酒窖方向，相比下酒窖仍然大致整齊沒被搜掠，因爲絕大部份佳釀名酒只有陳列包裝，實貨另貯於別處。酒窖的中價酒早已被人一掃而空，仍然留下的都是跟汽水差不多價錢的低價貨。

「看到了嗎？」陳、張皆搖頭。

「正是，大部份人都不會見到。」杜永權微笑道：「酒窖那邊的電子酒櫃，市價可是十數萬至二十萬元不等。我早已把電源拔掉，我們幾人合力就可以把它抬出去。」

「可是金額怎樣計算？」陳啟樂問。

「我之前實驗過了，金額會算入最先越過收銀處的人身上。所以，如果我們合作的話，帳先算在我這兒，然後我再分拆給大家。」

陳啟樂打量着杜永權，問道：「爲何你如此肯定，我不會把你一拳打趴，再獨吞那個酒櫃？」

杜微笑：「你是這樣的人嗎？」

陳微笑搖頭，他望了一眼躺在地上的阿成：「可是有一個條件。」

※　※　※

全賴陳啟樂剛才的贈禮，吳卓熙和趙氏爺孫成功搶得及格金額，跟多數人一樣，他們早已在百貨公司外的空地靜靜休息。

當他們遠遠見到張曼霖和陳啟樂抬着南亞男子出來的時候，連忙起身相迎幫忙。

張曼霖拿出自己搶回來的數條毛巾，摺成一個小床鋪和枕頭，再緩緩安頓阿成。

「他可能會嘔吐，小心別讓他嗆倒了，必要時讓他喝這個。」找不到其他飲品，張曼霖只好放下一枝廉價酒，細心叮囑道。

「哥哥是朱古力人！」趙妹妹對阿成的膚色十分好奇。

「噓，他是印度人啦。」趙爺爺笑道：「張小姐，你們達標了嗎？」張輕輕搖頭，轉身正欲回去百貨公司。

「趙某無功受祿，於心有愧，兩位有甚麼地方用得着我這副老骨頭的，開口就是。」

趙爺爺縱是一腔熱誠，可是敵不過陳、張二人再三推辭，只好作罷。

※　※　※

詩小姐在酒櫃前面焦急地「咯咯咯」來回踱步，本來雪白的腳趾因勞累變得泛紅青筋滿佈。她一見到陳啟樂和張曼霖二人趕至，禁不住頓足啐道：「搞這麼久？只剩下三分鐘左右啦！」

杜永權揚手止住她：「都沒差，現在更少人阻攔我們了。」

陳啟樂摩拳擦掌打量着酒櫃，說道：「這東西底部較重，等一下杜先生請抬着前端，我負責後方，兩位女士在中間協助就好。預備三……二……一！」

雖然四人盡量保持低調，可是搬動這麼重的東西多少引起了同層其他人的注意。酒櫃並不算重，甚至可能比阿成略輕一點，陳啟樂迅速打量一下四周，仍然留在超級市場的人已不多，可是全部都停下來定睛看着他們一行人。

「快點！」杜永權雖然加快了步伐，可是作用不大。

陳啟樂專注調整步伐，他感到附近的翻貨聲音突然全部消失了，這可不是好事。

很快收銀處那邊有一位大媽高聲喊道：「哇！這個櫃值很多錢！最少一萬元！」她這麼一句話，好像丟了一根火柴在一盆汽油入面一樣，一發不可收拾。

陳啟樂一咬牙，心想如果他們知道這個酒櫃的真實價值，恐怕全場的人都會湧過來搶。最初他感到有一雙手在扯他的上衫，然後又有另一個大媽拉他的手，陳啟樂單手托着酒櫃，用勁揮手將他們都撵開了，可是第三人看準了時機抓住陳啟樂餘下那隻手，終於他失去著力點，整個酒櫃「嘭」一聲向後傾斜，前面三人吃力托緊，才沒有令整個酒櫃跌翻在地。

陳啟樂情急下，隨手從身旁貨格上摸到一塊金屬網格，抽出來馬上砸向其中一位衝過來的男人，「噹」一聲雖然傷害力不高，觀感上卻相當有阻嚇力，其他想搶酒櫃的人變得猶疑起來。

「走開！別怪我不客氣！」陳啟樂揮動網格驅散包圍在四周的人。可是，在貪念驅使下，他就好像在揮掌趕走潮水一樣徒勞。終於有一個大媽從他身後的空位擠了進去，然後是另一個男人、再來是另一位大媽……

杜永權、張曼霖和詩小姐三人吃力地守住酒櫃不讓其他人奪去，可是有六、七個人擠過來，杜永權他們再努力也搶不過，只能死抱不放。情景遠觀就好像兩群不同巢穴的螞蟻在搶糧食一樣。酒櫃一時往左，一時偏右，時前時退。

陳啟樂不斷將湧過來的人潮拉走、推倒，甚至對某些明顯不懷好意的人施以老拳，酒櫃仍然是進一步退兩步的方式爭持着。

一直在門外觀察衆人動向的禿漢見到他們捧着酒櫃，突然怒目圓睜，猛然站起身暴喝：「你們這些廢物不配這些分數！」正是早已位居榜首的禿頭巨漢，他提著一個頗見沉甸的滅火筒走了進來。

「死吧！」禿漢提起滅火筒用力往酒櫃砸下去。

「噹」一聲巨響，本來爭奪酒櫃的人群立即散開，杜永權一行人也失去平衡倒地。

禿漢是是一砸，玻璃門應聲出現裂紋。

「不行！」杜永權驚呼：「爛了不值錢！」

禿漢正想砸第三下的時候，一大塊金屬網格不偏不倚「噹」一聲砸在他臉上，卻是陳啟樂丟出的網格。

禿漢一臉惱怒望向陳的方向，陳啟樂鎖緊肩膊關節，瞄準禿漢猛力衝撞過去。這一撞力度非同小可，即使甲級寫字樓加固了的房門也會被他撞開。禿漢雖然體格遠較壯碩，也禁受不住跟陳啟樂雙雙倒地。

張曼霖瞥到屏幕的倒數畫面，用力喊道：「20 秒！」

杜永權以及兩個女人，氣力不足以在時限之內將酒櫃抬到收銀處。

酒櫃後端傳來一把蒼老聲音大喊：「還在發呆！用力推呀！」原來是趙爺爺臨尾一刻趕來相助。

張曼霖、詩小姐聞聲精神一振，連忙運盡全身力量，將酒櫃推往收銀處方向，杜永權在前方使勁地拉，快將越過收銀處之際，禿漢擺脫了陳啟樂的糾纏，出盡全力將滅火筒丟往酒櫃處。

「嘭！」聲一響，酒櫃門碎裂整個脫落，這酒櫃已不能使用，毫無價值。禿漢哈哈大笑極之滿意，他輕鬆站起身，對陳啟樂做了個「打我啊？」的神情，慢步離去。

杜永權一個踉蹌坐倒，他雙眼沒有離開過大會屏幕半秒。

「嘟！」

畫面運算了一陣子，終於顯示購物結帳：Gaggenau RW 466364 酒櫃 - 188,380 元正。

「活動結束。感謝各參加者熱烈支持！希望各位有一個愉快的購物體驗！」

陳啟樂一伙人橫七豎八的累倒在地，見到顯示屏的數字，不禁齊聲歡呼叫好。

LAYER 2
公正

是日生還人數 85 人

眾人按男主持的指示，紛紛回到東翼大堂集合。阿成雖然仍虛弱，但是在陳啟樂攙扶下已能勉緊走動。之前的焦屍早已不知所蹤，所有痕跡和氣味也被徹底清除。屏幕亮起了渡船伕圖案，畫面正中間是一個明顯用 AI 生成出來的女主播，她掛着專業微笑道：「上一個環節中，各位搶購的貨物已經成功兌換成魂幣供大家使用。首先，我們將公佈五位最高分參加者名單，以及播放精華重溫片段。」

女主持身後亮起電影頒獎禮的畫面，頒獎音樂徐徐奏起，女主持說道：「第五名，鄧志光，23 歲，職業外賣配送員。鄧志光憑着敏捷身手以及優秀方向感，迅速奪取最高價值貨品合共 3 萬元，有請鄧志光。」

大堂充斥着合成鼓掌聲，屏幕下方的走火通道開啟，一台人型機械人緩緩步出，一台自動運輸車緩緩跟隨在後。聚光燈照在一位身穿籃球休閒裝，身材矮小的年輕人身上，他見到自己的樣子投射在大屏幕上有點不知所措，聚光燈指示他走到機械人前面「領獎」。

鄧志光有點遲疑地走上前，就差點沒以爲自己要發表得獎感言，只見機械人從自動運輸車當中掏出一枚金幣遞給他。鄧志光匆匆接過，金幣上刻有他的名字和年紀，說不出的詭異。

合成掌聲再響起，示意他讓路給下一位「得獎者」。

「第四名，何麗娟小姐，44 歲，上市公司市場總監。何麗娟聯合三位同事，巧妙彌補體能及戰略上的不足，透過搶掠、偷竊以及言語威嚇其他參加者，取得貨品合共 4 萬多元。有請何麗娟。」

掌聲響起，聚光燈照在一位清爽短髮，身穿時尚休閒服的女人身上。嚴澤峰不禁「啊」一聲叫了出來，她不就是剛才強搶自己貨物的大媽之一嗎？

何麗娟大概也不覺得自己太過光彩，鐵青着臉走到機械人前領取金幣，她身後傳來幾位大媽高呼「娟姐！娟姐！你好厲害！」

「第三名，曾建德，20 歲，都城大學電腦系三年生。曾建德憑着卓越的電腦技能，找出收銀處一個運算漏洞，反覆為自己的電話卡充值，總金額達到約 6 萬元。有請曾建德。」

曾建德一身連帽黑色運動裝，高高瘦瘦，他拉上帽子，低頭急步衝到機械人跟前，一手奪過金幣也就急步離去，不欲在衆人視線前多留半秒。

「第二名，張彪，41 歲，財務公司債務調解顧問、鋼根工程專員。張彪充份發揮自己體格優勢，透過搶掠及武力打擊，成功奪取大量貴重珠寶及電子產品。總金額合共約 8 萬元，有請張彪。」

禿頭巨漢緩緩走出來領獎，人群中開始傳出陣陣竊語「甚麼債務調解？不就是收數佬嘛？」「就是他！」「這人蠻來的！」，似乎剛才不少人也受過他的罪。

張彪突然停下，轉身怒目掃視群人，全場馬上靜得落針可聞。他不屑地藐笑一聲，上前接過金幣，他轉身面向衆人獰笑，高舉自己手中的金幣耀武揚威。張彪沒有回到人群當中，他只是轉過身，搜尋接下來要登台的人。

從他手上偷走了冠軍寶座的廢人。

「第一名，杜永權，62 歲，杜龐生命集團控股主席董事。杜永權以過人眼光，成功鎖定極高價值的名牌酒櫃，再游說其他參加者共同協力，成功取得總金額合共約 21 萬元。有請杜永權。」

廣播一提起杜永權的名字，全場人群好像聽到有明星在場一樣興奮萬分。「權叔？眞是杜博那位權叔？」「有權叔，無窮人！」「權叔！這是你搞的節目嗎？」

現場的氣氛突然緩和了許多，因爲大家都認爲眼前這位能夠在北半球呼風喚雨的富豪，不可能被甚麼兇徒挾持，只要他乾咳一聲，大概好幾個北約成員國的元首都會願意或明或暗派兵相助。

陳啟樂和張曼霖這才回過神來，原來他們剛剛跟這麼有名的人合作過。

「你連權叔本尊也認不出，果然是不看新聞的穴居人哪！」張曼霖悄悄頂了陳啟樂一肘揶揄道。

「我就知道如果你認出他，自然會提醒我。」陳啟樂也不服輸回嗆，張曼霖對他吐舌做鬼臉。

就連張彪的神情也大爲轉變，由最初的輕蔑變成好奇，畢竟普通人親身跟世界級富豪面對面的機會極之罕有。

杜永權在一片喝采聲中走上前，張彪擋在他面前，上上下下的打量着這位低調富豪，也許是動物本能作崇，張彪的身體語言都在散發着挑釁，他急欲試探到底誰才是老大。

然而他的能量全轟在一個無底洞裏面，杜永權絲毫沒有任何反應。

「有請杜永權上前領取獎賞。」

機械人別過頭「望」着張彪，它的頭部只是一大塊沒有五官的黑色鏡面玻璃，可是比起正常五官更令人心底發毛。

張彪只是「哼」一聲冷笑，慢慢讓路。

杜接過金幣一刻，全場衆人居然眞的在鼓掌，蓋過了合成鼓掌聲效。杜永權只是很低調的領完金幣就回到人群當中。

頒獎音樂再次響起，屏幕畫面再次切換到一群模特兒在商場吃喝玩樂的情景。

電子女主持繼續以報導交通狀況的語氣說明：「各位參加者剛才搶購的貨物，已經全部以1：1兌率全數換成魂幣，作爲支付未來數天的衣食住行。魂幣跟正常貨幣一樣，可以交易或轉讓。可是大家請放心，大家手上的魂幣將會記錄閣下的生物特徵，其他人無法盜取存款。卽使不愼遺失，可以用10%存款再重新補發。」

畫面再次顯示價目表：

◆ 800魂……………使用廁所（一次）
◆ 5,000魂…………五天基本膳食（梳打餅、麥皮、食水、清煮蔬菜）
◆ 5,000魂…………使用廁所一天，包括使用沐浴用品
◆ 8,000魂…………享用美食廣場膳食
◆ 15,000魂…………尊貴膳食
◆ 2,000魂…………1小時觀看電視台或網絡影片娛樂
◆ 50,000魂…………一次危機免死支援（可轉讓）
◆ 8,000魂…………急救藥品

衆人見到價目表不禁咋舌，未來數天似乎要正常體面的生活都不太可能，甚至對某些人來說，維持三餐溫飽都可能有難度。

女主持繼續說道：「爲保障遊戲公平，是次活動所有貨品將會被註銷。由現在起所有食品將集中於美食廣場及指定換領點提供。」

此話一出，幾乎所有參加者都在低聲咒罵，畢竟剛才搶到了很多好東西，被系統騙了放進貯物箱，一下子就化爲烏有。有人掏出懷中的東西擲向屏幕洩憤，情緒極之激動。

「接下來是分發魂幣時間，被讀到名字的參加者，請上前領取魂幣。已領取魂幣之參加者，歡迎在東翼享用各種設施。」

張彪一肚子悶氣需要打爛一些東西發洩，冷不防他眼角瞥到一些東西。

人群中有一道銳利得可以穿透一切的目光，正是杜永權在暗處打量他。

張彪怒目回敬，雖然他看上去自信滿滿，可是心底明白這種自信毫無支撐，一衝即散。

而且對方清楚這一點。

※　※　※

美食廣場燈火通明，響起陣陣輕快而沒有個性的背景音樂，務求刺激消費者買最多的食物然後以最快的速度完成進餐。

詩小姐隨着音樂節奏信步走向美食廣場方向，嚴格來說她的魂幣並不足以在裏面用餐，但是她身後的人是首富。

「我以前非常討厭這些美食廣場，又貴又毫無品味可言，要麼我會自己製作料理，要麼就去 fine dining，想不到我竟然也會有期待美食廣場的一天哦！哈哈。」

杜永權微笑並不答話，事實上他有足夠的資金獨自享用最頂級餐膳，但這不是重點。他的視線停留在廣場內抓起烤雞狼吞虎嚥的禿頭巨漢，以及外面饑腸轆轆，乾瞪着巨漢用餐的人群。

詩小姐見到禿漢，不期然透出一陣鄙夷的神色：「這人不好惹，我們去吃尊貴晚膳吧？」

杜永權笑笑搖頭：「吃不了多少餐我們就會先被飢餓的群衆鬥死。」

他緩緩向禿漢方向走去：「富人最忌爲富不仁，陷入絕境的大多數窮人餓死之前，會首先搶掠富人的資源。所以富人必須跟一部份群衆分享財富，這樣就會有一群忠實的自衛隊。」

他走到張彪跟前，問：「請問這位子可以坐嗎？」

張彪頭也不抬沒有理他，只是從鼻孔「哼」了一聲，然後繼續大啖手上的烤雞。

杜永權緩緩拉開椅子坐下，詩小姐也照辦。

突然張彪怒目一掃，道：「我有說過她可以坐嗎？」

杜永權微微一笑，對詩小姐道：「你先到外面等着。」

二人沉默對望半晌，終於杜永權開口：「我直接說了，要活着離開，我們需要結盟合作。我的資源，你的力量。」

張彪朝地下用力吐出雞骨，啐道：「我才不需要跟甚麼人合作！」

「爲何我這麼一個糟老頭，毫無速度或者力氣，掙到的錢居然是你兩倍有多？你沒有想過嗎？」杜永權靜下來讓這句話在張彪心中發芽、紮根。

沉默。

氣氛對了，杜永權很小心挑選張彪會明白的比喻：「張飛再強，也需要劉備諸葛亮才會成大事。」

「我剛才早就看出來了，你是闖將，三國時代就是跟關羽張飛並肩作戰的名將。離開這兒後你打算做甚麼？繼續扎鐵？收貴利？那不是你應有的生活，你應該是個豪門富戶，有着三世也花不完的錢，杜龐生命集團有的正是錢。」在外面杜永權這種話可不輕易說，因爲會引起財經界無數揣測以及環球股價波動。

「我張彪像是貪錢的人嗎？」張彪啃完最後一口烤雞，懶洋洋地打量着眼前這位毫無霸悍氣質的老商人。

「強者揚名立萬，天經地義，我也只是順應天道而已。」

張彪把腳擱在桌面，銜着牙簽把玩，半晌，他抬頭哈哈大笑，美食廣場的玻璃也隱然震動。

「天道！老頭你眞有趣！便他媽的戰吧！」

「先押上一半你的身家，我也會一樣，我們得招兵買馬。」杜永權盯着張彪說道。

張彪突然用力一拍桌面，大喝：「他媽的！這麼婆媽幹甚？都拿去！」

杜永權忍住心中的笑容，這會不會來得太過容易了。

他轉過身，信步朝廣場外圍觀的人群走去，大聲說道：「有勞各位把話傳出去！我杜永權將會在1小時後，將會徵集10位優秀人才組隊合作，有意面試的，可以來這兒找我。」

※　※　※

消息一出，來了好幾十人，大家都希望依附排名榜首的強者，增加存活機會。

詩小姐笑得像個職業公關一樣，不斷安排面試者接受杜永權和張彪的評核。

突然她的笑容凝住了：「噢！是你們啊！大家已經合作過，不用再前來面試啦！都是自己人了。」

詩小姐望着眼前陳啟樂和張曼霖二人，笑道：「分帳的事杜先生忙完這一輪就會跟進了。」

張曼霖遠眺搜索人群中杜永權的身影，略帶不耐煩的問道：「我們甚麼時候方便跟杜先生見個面？」

「你看這麼多人，請稍稍等一下好嗎？」詩小姐掛着有點歉意的笑容答道。

二人望見長蛇捲地般的面試人龍，陳啟樂跟張曼霖打個眼色示意，也就一起動身離去。

畢竟大家都要吃飯睡覺，那個十八多萬的酒櫃，五人平分的話每人也有三萬多，現在陳、張二人手上的現金湊起來才八千元左右，就連吃飯也成問題。

二人慢慢沿着扶手電梯往上走，搶購過後人們分散在不同的地方休息，陳、張、吳卓熙以及趙氏爺孫在四樓挑了一間較新潮的家居精品店歇息，他們試過邀請阿成同行，可是對方捂着額頭推辭走了。趙爺爺正在跟孫女把玩着兒童精品，見到陳、張二人推開店門，大家都滿心期盼地抬起頭。

「杜先生果然是做大事的人哪！」陳啟樂有點不可思議的搖頭：「在這樣的環境居然也可以招兵買馬，應徵面試的人多到擠滿整個廣場。」

趙爺爺不以爲然，眯起雙眼問道：「錢到手了嗎？」

「還沒，杜先生他忙着選人啦。」陳啟樂挑一張雪糕形狀的吧台凳坐下，漫不經意地把玩着案頭一件小裝飾，繼續道：「詩小姐說晚一點忙完了就會處理我們這邊。」

「你們被他擺了一道……這傢伙是打算賴帳了。」趙爺爺嘆氣道，店內衆人聞罷不禁一呆，就連趙妹妹也停止把玩手中的熊布偶，問：「甚麼是賴帳？」

趙爺爺倒抽一口氣，答道：「就是應承了付錢，但不打算付啊！杜龐生命集團爲何這麼賺錢？都是壓榨承辦商起家，大的、小的全部通吃，跟他們做生意不輸光已經要還神。一年、兩年欠帳不還是小兒科，甚至以此來威脅供應商下一單生意壓價，否則就不支付上一期的欠單。」

張曼霖一臉不可置信的表情，問道：「杜先生不可能是這樣的人吧？他不怕那些公司告上庭嗎？」

「告上庭？你跟最大的上市企業對簿公堂？」趙爺爺冷笑：「你們太年輕不懂這些商界下三濫手段了。我當年的裝修公司就是被他們拖帳不還，最後要倒閉，幸好認識一位有點門道的律師朋友幫忙，才成功討回尾數支付遣散費，否則我現在還不能退休呢，唉！」

陳啟樂聽得半信半疑，語氣難掩怒火：「如果這奸商真的打算不還錢，我要他有得好看的！這兒我才不擔心甚麼法庭和律師信！」

「爺爺，我餓了。」

五人面面相覷，他們的資金只夠餵飽三個半人，但是糧食沒有「半個人」的選項，換言之有兩人要餓肚子。

陳啟樂彈直身子，轉身一個箭步衝往大門：「我這就去找杜永權！」

張曼霖還未來得及開口阻止，陳啟樂早已走遠。

※　※　※

吳卓熙望着懷中的純白色糧食包，果然「基本膳食」就連包裝也極之簡陋，時刻提醒人裏面的東西僅夠維持生命。

陳啟樂離去不久，張曼霖也急忙追了出去。餘下趙爺孫和他三人去東翼大堂領取糧食。他們將自己的「魂幣」對着終端機拍上，很快就有無人機將糧食包吊送過來。

3個糧食包，1萬5千魂幣，然後他們得小心衡量甚麼時候上廁所，爲了省錢，也許所有人只能同一時間擠進廁所中解決生理需要。

空氣傳過一陣屎臭，已經有人憋不住了。吳卓熙雙手都抱着糧食包無法按住鼻子，不禁皺起眉頭。突然有人用力推倒他，吳卓熙懷中的糧食包被一下子搶走。

「有人搶東西！」他大叫，然後發足狂追。

前面的身影很熟悉，他一眼就認出是嚴澤峰同學。嚴同學體能本來就比他好，二人跑了好一段路也無法收窄距離。可是抱着兩件糧食包畢竟有點重，嚴澤峰順手丟下其中一件：「龜熙！賞給你做宵夜！」

吳卓熙一分神撿地上的糧食包，嚴早已逃去無蹤。

※　※　※

「杜！永！權！」陳啟樂高聲叫道。現場數十人轉過臉瞪着他。

詩小姐見他來勢洶洶，也不敢貿然上前迎接，呆立當場。

「快！還！錢！」陳啟樂繼續一字一字的高喊。

空氣凝住了好幾秒，感覺有如過了好幾小時。終於人群深處傳出一把粗糙沙啞的聲音。

「誰搞事？活得不耐煩了？」人群分開兩邊，中間走出張彪高大的身影。

「你！」陳啟樂雙眼欲迸出火來，張曼霖在百貨公司被他暴力欺凌的場面才不過數小時前的事。

張彪突然爆出一拳直擊陳啟樂面門，即使陳早有防備舉臂擋格仍被轟退了一步。

陳啟樂馬上還以顏色一記勾拳結實打在對方的小腹，張彪腹部脂肪加上肌肉把陳啟樂的拳勁卸走了大半。

正如多數不專業的街頭混戰，二人很快糾纏在一起，一輪亂拳拉扯，個頭較大的張彪最後佔了上風，用力一記將陳啟樂甩到地上。

陳啟樂一個翻滾迅速站起來，抬頭已見到張彪手中拿着一張餐椅，朝他猛然砸過去！

陳啟樂額角被金屬椅腳重重擊中，後足不穩坐倒。張彪正想上前追補一擊時，他身後傳出杜永權的大喝：「停手！」

張彪在百貨公司的悶氣稍稍得到宣洩，洋洋得意的站開。杜永權一臉憂色的伸手扶起陳啟樂：「能站得穩嗎？」

陳搖手示意自己無大礙。

「錢，你付不付？」陳啟樂按着額角，怒瞪着杜永權。

杜永權語重深長的嘆了一口氣：「年輕人……成年人不是這樣做事的。」

他指向身後仍在集結的人群，繼續道：「你看這些人，他們都希望有個倚靠，謀求一條生路。我正在努力爲他們做點事。」

陳啟樂一聽氣上心頭：「我們有老弱婦孺沒飯吃！錢你是不付了？」

杜永權一副「你仍搞不懂」的表情，搖頭回應道：「這兒很多人也走來問我要錢，能幫的我也很想幫忙。無論你認爲我欠你多少錢也好，不應打架。」

「是你的人先動手！」

杜永權轉過身問道：「誰先動手的？有人見到嗎？」

眾人鴉雀無聲，杜永權微笑攤手：「似乎沒人挺你。」

「我挺他！」陳啟樂身後傳出一把女聲，正是張曼霖，她氣鼓鼓的站在陳身旁，見到他腫起的額角，也按捺不住連珠炮發：「杜永權你的酒櫃 19 萬，平分每人 3 萬 8，你欠我們三人共 11 萬餘，我也有幫你抬酒櫃的！別抵賴了！」

杜永權一臉難以置信，一聲冷笑：「嘿！直接說整個酒櫃都是你的不就成了？我從沒有說過 3 萬 11 萬這些話，別硬塞說話在我身上。」

張曼霖正要反駁之際，杜永權揚手止住她：「你要錢，我們要醫生，張小姐如果願意加盟，我可以立即開出一個很理想的價錢。」

「誰會幫你這種的無恥之徒！」張曼霖怒道。

杜永權攤了攤手，冷冷的打量他們並不答話。這時他身後的人群開始鼓譟起來：「不是面試就快走呀！」「潑婦罵街！」「浪費時間！」「要打就動手！打死那個廢物最好！」

陳啟樂氣得發抖，張曼霖在後面拉住了他。二人對望一眼，眼前局勢毫無勝算。

「你總會有報應的！」張曼霖離開前丟下這句。

※ ※ ※

陳啟樂這才發現，原來商場整天都在播放一些輕柔的背景音樂，習慣了就會聽不到，直至夜深控制室自動將之關掉爲止，四周突然靜得令人耳鳴。

五個人，被搶劫後只餘下兩袋糧食包，陳啟樂胡亂吃了點鹽水海苔後反而更加饑腸轆轆無法入睡。商場的冷氣系統不知怎的夜深後變得更冷，也許只是因爲自己沒有被鋪又攝取不夠熱量而已。吳卓熙不斷道歉，甚至拒絕進食，陳啟樂表示自己追討不到分紅，責任最大，衆人幾番堅持下，吳卓熙才吃了點餅乾。陳啟樂望着他入睡後稚氣未脫的樣子，這孩子的人生還未開始，不能在這兒完結，萬萬不可。

趙氏爺孫也在店中間的梳化床安睡，老人傳出陣陣鼾聲。張曼霖郁動的次數太頻繁，大概只是在裝睡而已。商場深處偶爾傳出咳嗽聲，大家分散在不同的地方休息。陳啟樂在想到底杜永權那伙人最後怎樣了，那些魂幣到底怎樣討回來？

氣氛稍爲放緩，張曼霖又回復到二人在車廂時的樣子：冷漠，保持距離。陳啟樂實在無所適從，明明上午大家合作無間，爲何晚上又回到冷戰狀態？如果有命離開這兒，他倆會在一起？還是分手？想着想着，他的眼皮終於變重。

可是才入睡沒多久，他被某人開門聲驚醒，有人離隊出去。他掙扎着爬起來到處查看，是張曼霖不見了。也許憋了很久，想趁無人為意的時候，找個暗處解手吧？陳啟樂想到自己這邊連上廁所的錢也沒有，不禁苦笑然後回去睡覺。

睡了不久再次被「嗶」一聲提示音驚醒，他抬頭只見一台手推車大小的無人機在店外上空懸浮，無人機以強力射燈照入店內，它偵測到陳啟樂已醒來，隨即播放指示：「所有參加者 30 分鐘內前往東翼大堂集合。」縱是平平無奇一句，陳很清楚絕對不能遲到，否則會死。

他連爬帶滾的起來搖醒同伴。

一行人好不容易趕到集合處，大多數人仍然睡眼惺忪，拖沓着腳步走進大堂。

巨型屏幕漆黑一片，只有倒數計時以及渡船人圖案，這次大家學乖了，再沒有人斗膽缺席，誰也不想被關在升降機中變成烤肉。

揚聲器傳出一陣毫無個性的商場音樂，然後昨天的男主持廣播再次響起：「歡迎各位進入《無人百貨》第二個挑戰環節！經過昨日新手關卡後，這次的關卡風險將會大幅提升！」語氣就好像講解信用卡積分優惠活動一樣。

「生還的」三個字，眾人馬上清醒了好幾分。

屏幕畫面切換到商場各處，只見到自動工程車、機械人以及無人機已經將商場不同的通道都嚴密封起，這些可不是尋常的圍板，圍板之間幾乎毫無空隙，似乎這兒正變成一個氣密空間。

畫面轉回東翼地面某處，昨晚不知甚麼時候這兒已被安裝了數以百計的換氣扇，這些氣扇款式型號有別於尋常的空調系統，似乎並非民間可以接觸得到的器材。

畫面換成一個穿着制服的女職員，配合示範動畫作出說明，就有如飛機安全指引一樣。

「活動開始後，這些輸氣模組將會不斷灌入二氧化碳，直到致死濃度爲止，並維持一段時間。參加者無法透過閉氣或任何呼吸技巧避過免二氧化碳中毒身亡。」

屏幕中的女職員作可愛狀微笑，指着身後的東翼平面地圖說道：「商場各層藏有氧氣罩供各參加者使用，各層之氧氣罩設有不同的解鎖任務，只要完成任務取得氧氣罩後，就可以安靜待任務計時完結！祝大家好運！」

畫面再度換成渡船伕圖案以及倒數計時，然而大眾最在意的是下面短短一行：二氧化碳濃度。

屏幕標示＜1%，下面合共有六個表情符號，現在最左邊的微笑臉正亮起。

這次群眾的心情明顯更加焦躁沉重，昨天搶不到東西最多餓肚子，現在是窒息死。

陳啟樂站在後方的坐椅上，掃視群衆的恐慌神情，倒數一完結，這兒馬上會上演一場人踩人的大災難，大部份人會困在這兒互相搶奪然後窒息死。

他跟張曼霖目光相接，張對他微微點頭，大家心意已通。

陳啟望望着屏幕尚有數分鐘的倒數時間，他站直了身子向前面的人群高聲喊道：「不想死，請聽我指示！我是消防員！」

幾乎整個大堂的人都在看着他，很好。

「二氧化碳會先在低層積聚，高層會比較安全！找到氧氣罩的人，再回低層協助其他人搜尋氧氣罩，這樣大家都可以活着過關！」

「我身邊的張小姐是急症室醫生，她將會在頂層協助有需要的人！」張曼霖也踏在坐椅上，盡可能讓大家看到她的樣子。

張曼霖嗓門不如陳啟樂，她吃力地高喊道：「二氧化碳中毒初期，呼吸和心跳會變得急促，甚至會有頭暈以及作嘔的感覺，當你開始出現這些徵狀，請盡量保持冷靜，避免大幅度活動，以正常速度往高處移動。」

這時人群開始有些男女上前，其中一名樣子溫文的眼鏡大叔問道：「我有甚麼可以幫忙？」

陳啟樂心中其實還沒有一個完整的計劃，他腦袋飛快運轉，最好的方案當然是將群眾分成小隊，覆蓋不同地區，可是他瞥到杜永權和張彪一伙人在遠處的身影，這個方向大概是不可行的，有相當數量的人不會依照他的指示行動。

「我最少需要 10 個人一起組成小隊，有人願意過來幫忙嗎？」陳啟樂向人群喊道。

嗶！

倒數完結，挑戰關卡正式開始。

聽到遠處「隆隆」聲抽風機運作的聲音，人群立即發瘋似的四散，不少本來正在考慮是否幫忙的人受這股恐慌影響，甚麼都拋諸腦後，隨着眾人往上層逃去。

混帳！陳啟樂心中咒罵，如果有足夠時間讓大家決定，也許集結二、三十人幫忙也不成問題，現在他就像用破筲箕打水一樣，眼白白看着剛才的心血流走。

「消防員哥哥，你有甚麼計劃？」阿成綻出南亞人獨有的燦爛笑容問道。

陳啟樂望着眼前仍然留下幫忙的人：剛才的眼鏡叔叔、南亞人阿成、趙氏爺孫、吳卓熙、一肥一瘦兩位女子，還有一位身形矮小，穿着籃球裝的年輕人，正是昨天排行榜第五名的鄧志光。如果把自己和張曼霖也算進去，剛好十人。可是這十人不可能全部都投入搜尋氧氣罩，趙爺孫挨不了多久，張曼霖要負責急救站，她也需要人幫忙……

陳啟樂很快把隊友分流：體能較弱的趙氏爺孫和兩位女士跟張曼霖一起上頂層設置急救站。其他人先跟自己到4樓開始搜尋氧氣罩，找到氧氣罩後再往下搜尋，如此一來可以避開最危險的1、2樓，也不必跟湧往頂層的主流群衆搶物資。

「我們分頭出發吧！」陳啟樂領頭，急步前往商場的扶手電梯。他舉頭一望，只見遠處張彪魁梧的身影以及十來個同伙，正粗暴地撞開其他人，爲杜永權以及他女伴開路。

也許陳啟樂的提示發生了作用，人群雖然仍然爭先恐後，可是卻沒有集中在某一處，甚至絕大部份人第一反應都是避開首兩層，陳啟樂最初擔心的人踩人並沒有發生，他們甚至沒遇到太大阻礙就成功到達4樓。

迎接他們的，是剛才屏幕中女職員的紙板立牌，微笑指着主題遊樂場「冒險天堂」的方向。

冒險天堂雖然空無一人，可是全部機動遊戲都在如常運作，由於所有遊戲都需要代幣才能遊玩，大家已反射性的走到找換處。找換處同樣沒有職員，只有一個自動找換機，操作屏幕顯示着「以魂幣兌換代幣」。

眼鏡叔叔打量着身邊的機動遊戲，若有所思的說道：「到底玩哪款遊戲可以取得氧氣罩？」

突然全場機動遊戲全部燈光大作，響起遊戲音樂，找換機傳出女職員的合成聲音：「歡迎來賓蒞臨『冒險天堂』！本店設有合共8個氧氣面罩，請依綠燈指示找出對應遊戲，祝大家好運！」

眾人環視四周，只見夾娃娃機以及擲彩虹兩處亮有綠燈。

眼鏡叔叔兌換了一個代幣，一下擲到彩虹桌上面，沒中，彩虹桌內伸出一枝小機械臂很快沒收了代幣。

「原來是這樣子的，讓我試試另一個方法。」眼鏡叔叔再拿出一枚代幣，這次他小心翼翼的對準彩虹中間藍色的得獎區，再輕輕的放下代幣。

這時彩虹桌燈光大作響起音樂。眼鏡叔叔一試得手，興奮的作出勝利手勢。

揚聲器傳出女職員的聲音：「恭喜你成功命中藍色區！可惜是次投擲無效，請努力再試，加油！」

眾人興奮心情馬上一掃而空。

「看來只能按傳統的方法中獎呢！」眼鏡叔叔無奈道。

陳啟樂望了一眼不遠處的夾娃娃機，似乎也只能循正常途徑去取得氧氣罩，他望向同伴們問道：「有誰比較擅長擲銀和夾娃娃的？」

吳卓熙舉手：「我……也許夾娃方面都有點經驗。」

接着阿成也舉手：「以前針灸老師說我的手比較穩，我可以嘗試擲銀。」

「針灸？」眾人甚奇。

「對，我正職眞是中醫來的，驚不驚喜，意不意外？」阿成笑道。

陳啟樂點頭答道：「別浪費時間了，我們就先搜尋冒險天堂附近的店鋪，近一點彼此有個照應。」

這時大堂傳出通知鈴聲，大屏幕顯示：二氧化碳濃度(1%)，六個表情符號中，換了第二個無表情的符號亮起。

※　※　※

張曼霖負責設立急救站，她率領隊友匆忙趕到較高層位置，趙爺爺抱着小孩跑得較慢，前面已經見到有不少人四出搜尋氧氣罩。

張曼霖望了一下商場地圖，終於挑了一家大型連鎖健身室作爲急救站。

這間健身室大約九百平方公尺許，一邊是健美用品，另一邊有着各種訓練器材，面積未必是最大，可是勝在改裝較容易，而且理論上好些健美用品可以權充急救用途。

張曼霖望着一胖一瘦的兩位女子說道：「嘖！一早應該找個壯丁隨行，現在只有老人家和我們三個女人了。」

「還有我！」趙妹妹抗議。

「對喔。分工是這樣的，兩位女士……」

「謝愛媛。」胖女子先答，聲音中氣十足，似乎日常需要放大嗓門說話。

「鄧家怡。」即使大熱天，瘦女子還是穿着冷氣褸。

「很好，鄧小姐和趙爺爺，請幫忙找一切可用的毛巾、橡筋帶、衣物以及瑜珈墊等，這些可用作包紮以及病床。謝女士請跟我來，我們需要搬走雜物騰出空間……」張曼霖一副專業醫護口吻發號司令，衆人很快就位分工。

「為甚麼要弄睡床？」趙妹妹問道。

張曼霖遲疑了一秒，思考如何包裝成小孩子能接受的答案：「因為很多人到處跑，跑累了會覺得很睏，想睡覺囉！」

「貪睡豬豬！」趙妹妹笑道。

「對，貪睡豬豬。」

「等一下二氧化碳濃度提高的時候，絕對不能睡着！否則很容易就一睡不起了。」張曼霖向對所有人說道。

※　※　※

吳卓熙花了不少魂幣，終於掌握了夾娃娃的竅門，夾到第一個戴着氧氣罩的娃娃人偶，打開取貨槽的時候，卻換來一個全透明，只有濾嘴以及薄薄一條黑膠邊的面罩。

「成功了！」吳卓熙興奮得大叫起來。很快他又抓到了另一個，又再一個，計分板上顯示 4 / 8，表示夾娃機裏面還有 4 個氧氣罩。

「啊！原來可以這樣換到氧氣罩喔？還眞有意思。」回應的卻不是錫克中醫阿成的聲音，吳抬頭一望，只見自己已被好幾個大媽包圍着。吳卓熙認得其中一人，那是上回合高分榜之一的何麗娟。

他想起何麗娟靠搶掠其他人的東西得到高分，可是已經太遲，手中的氧氣罩已被何一把搶走端詳。

「氧氣罩是這樣子的嗎？氣罐呢？這麼一個面罩，哪兒有氧氣？」何麗娟奇道，吳卓熙正欲抗議，何已經止住他：「唏！我研究一下也不行嗎？」

她戴上氧氣罩，用力吸索了幾口氣：「呵？濾嘴位又眞的有送風出來哦？哪來的黑科技啲？」後面的大媽附和着，輪流遮過氧氣罩試用，吳卓熙終於鼓足勇氣抗議：「這些都是我隊友的……」

何麗娟中氣十足的嗓門蓋過了他的話：「甚麼隊友？你讀書讀壞腦呀！做人這麼自私可不行啊！你忍心害死我們嗎？」

吳卓熙心中其實想答「忍心」，可是他的嘴巴跟不上去。何麗娟那種差些許就可以算作咆吼的說話風格，有着令人難以正面拒絕的壓逼感。

何麗娟好像逗小朋友一樣輕拍他的頭頂，道：「我們才拿這幾個而已，夾娃機入面不是還有 4 個氧氣罩嗎？專心點夾罷！」轉身就跟幾位大媽揚長而去。

吳卓熙呆立當場，氣得雙手發抖，他主要是氣自己：爲何如此軟弱任人魚肉？

半晌，他見到阿成從遠處走過來：「擲幣彩虹的 4 個氧氣罩我都換出來了，剛剛拿了給陳啟樂他們，你這邊進展如何？」

「還未有。」吳含糊地吐出這幾個字。

「那麼吳小弟你再努力啊！陳啟樂他們跑到下層去了，我先繼續搜索這層其他商店。」阿成說畢揮手就遠去。

吳卓熙記得以前看災難電影時，見到一些窩囊廢角色會特別氣憤。此刻他幻想到有另一個自己，隔着某種螢幕看到剛才的一幕，大叫「廢物快點去死」。

※ ※ ※

嚴澤峰避開最危險的地面以及1樓，他自知爭不過頂層的人，打從一開始他就鎖定以3樓爲目標。可是像他這樣想的人也不少，已經試過兩次被人捷足先登搶到氧氣罩，他想起之前遇上何麗娟那群大媽的經歷，像他這樣的少年要活下去，必定要有強大後盾，他想起那個把陳啟樂打到人仰馬翻的禿漢張彪，以及他身後的首領杜永權，這幫人才是他安身立命之所。

一個無財無勢的少年，怎樣可以加入這伙人？那位女秘書連面試的機會也不給他。

嚴澤峰想起一個有點陌生的詞語：投名狀。

找到很多氧氣罩的話，就可以在杜先生面前證明自己是個有價值的人！

嚴澤峰小心翼翼的深入3樓的店區搜索，這兒分成很多較小的店鋪，藏身的位置很多，找到氧氣罩的機會也較大。

他順着不太起眼的暗巷急步走，突然走到一家珍珠奶茶店時，一些東西勾起他的注意。

用來盛載各種原材料的不鏽鋼桶，貼上了渡船佚的貼紙圖案。

他輕輕一躍，跳過收銀處的圍欄上前檢查材料桶，一開之下，裏面並沒有任何奶或者茶，倒是裝有數個氧氣面罩。

嚴澤峰大喜過望，可是這樣捧着氧氣罩無異邀請人過來搶，他左翻右撿，終於找到一個垃圾膠袋，雖然這樣仍有可能被人發現，總被甚麼都沒有好。

杜先生那伙人在哪裏？嚴澤峰依稀記得他們好像先到高層，他急忙把氧氣罩收在膠袋入面，胡亂綑好就往高層跑去。

果然，他很快在6樓看到了張彪的光頭。他拼盡氣力衝刺到張彪跟前，也許二氧化碳濃度開始增加了，他的呼吸不怎麼順暢，好不容易才跑到張彪跟前，只見杜永權、詩小姐以及數個追隨者也在，衆人有點好奇地望着上氣不接下氣的他。

嚴向杜永權遞過黑色的垃圾膠袋，仍未調好呼吸。

詩小姐上前接過打開，馬上遞給杜永權以及張彪等人直接戴上。

「我的……投名狀……咳咳！我要加……加入。」嚴澤峰很費勁才吐出這句話。

杜永權一行人聽了都馬上笑了起來，杜永權的聲音隔着氧氣罩有點扭曲：「投名狀！我們看起來像是匪幫嗎？來眞的投名狀你得先殺一個人給我看看哩！」

嚴澤峰一臉不知所措，事情完全不如他預期發展：杜先生應該讚賞自己是個有爲青年然後讓他加入才對。

杜永權跟詩小姐打了個眼色，詩小姐把垃圾袋交還給嚴澤峰。

杜上下打量他，半晌才說道：「年輕人，再多找幾個氧氣罩，我才可以請大家考慮是否讓你加入。」

嚴絕望地望了望張彪，希望他會爲自己講好說話。

「走吧！還發甚麼呆？」張彪冷冷的丟下這句話。

※　※　※

陳啟樂一行人繞路沿着較少人的扶手電梯往下走，有了氧氣罩後，他們可以放心搜索最危險的低層。

「我們先由地面開始吧！」陳帶頭邊走邊說道。

「也許 3 樓較好。」衆人回頭望去，只見是籃球裝打扮的年輕人鄧志光。

「我可能知道氧氣罩的分佈規律……」他有點欲言又止：「這只是理論而已。」

「不妨，請說。」陳啟樂鼓勵道。

鄧志光指着集中在高層名店區翻箱倒篋的群衆：「這些人大多數不會找到甚麼。」

「剛才阿成和吳同學在冒險天堂找到十來個氧氣罩，我們在同一層的童趣天地就甚麼都沒有。」鄧志光拍拍自己臉上的氧氣罩繼續道：「我猜氧氣罩是根據商店的種類去分佈的，同樣是機動遊戲樂園，只會有一家店有氧氣罩。」

他指着 3 樓密密麻麻的商店街，說道：「如果我的猜想正確，那麼 3 樓應該會有最多的氧氣罩，因爲那層商店的種類最多。待會兒我去一個地方就可以測試這理論是否正確了。」

嗶！大屏幕顯示：二氧化碳濃度 (2%)，中間第三個表情符號變成有點痛苦了。

陳啟樂、梁志達和鄧志光急急趕到 3 樓，已經見到有些人邊咳嗽邊逃到更高的樓層去。

鄧志光默默引領他們走進較冷僻的商店區，似乎十分熟悉這一帶地形似的。

「鄧兄，這商場你以前來過？」陳啟樂不禁好奇問。

「叫我光仔就可以。」他很快選了右邊的岔口：「我第一次來這兒，但這種商店布局我很清楚。」

終於他們來到一個宅配店的自助智能櫃，光仔興奮地吐出「bingo」一字後就走到其中一排智能櫃前面，果然其中三個櫃貼有渡船伕圖案。

「每個大商場都會有這家宅配店智能櫃，通常都會設置在較偏僻而接近員工通道的位置，一來租金較便宜，二來上落貨較容易。我其中一份兼職就是當宅配員。」他走到觸控屏前面，按下「取件」。

屏幕顯示「請輸入正確數字取件」，下面是一組奇怪的數字：

?72737

?75767

數字下面是一句紅色的小字：錯誤輸入將導致櫃內包裹被永久銷毀。

光仔望着旁邊「59s」不斷倒數的數字，慌忙道：「兄弟們，你們有人懂密碼嗎？」

陳啟樂和梁志達湊近屏幕，陳啟樂嘆氣道：「早知這樣，高中時應該努力一點讀書。」

梁志達托了一下眼鏡，才望了一回就冷笑：「你們少壯不努力，這是很簡單的數學智力題啦。」說畢按下了1、4

兩個字，果然第一個智能櫃門應聲而開，裏面是4個氧氣罩。

這次梁志達再按「取件」，同樣出現輸入畫面，數字變成：

3, 5, 8, ?, ?, 34

梁志達再次托一下眼鏡，展現自信的微笑：「原來是費式數列嘛？這也想用來考人？」

第二個櫃門打開，同樣是4個氧氣罩。梁志達乘勝追擊，再按下「取件」，可是突然彈出廣告畫面，覆蓋了整個介面，原來是某款奇幻遊戲廣告，只見遠方有一座恐怖的古堡，畫面上有三道中古式大閘，旁邊是座鐘樓，鐘樓報時「噹噹」聲響，三道閘門同時打開，分別是古墓中的吸血鬼、暗黑樹林的狼人以及喪屍群，未幾閘門「吱呀」一聲關上，畫面顯示一句字：選擇正確閘門逃出生天！旁邊依舊是59s的倒數字樣。

梁志達馬上變得躊躇不決，剛才的氣勢都沒了：「我沒有玩手遊啊，這個該怎樣選？」

陳啟樂也摸不着頭腦：「會不會是喪屍？它們跑得慢？」

光仔擋住了他：「才不對，你見到喪屍站得這麼密集，一進去只是死。」

「狼人？」梁志達問道，倒數9秒。

「也不對，牠這樣子應該馬上會把我們殺了。」光仔伸手摸向鐘樓，原來鐘樓的時間可以調節，他將時間扭至早上，然後選按「狼人」的閘門。

閘門「轟隆轟隆」的打開，裏面是個衣不蔽體的瘦弱男子，弱弱地對着鏡頭打招呼。

第三道櫃門打開，合共取得 12 個氧氣罩。

※　※　※

嗶！二氧化碳濃度 (4%)，第四個表情符號變得暈眩。

急救站內，張曼霖忙個不可開交，大量支持不住的人爭相湧來求助。光仔已經將 20 個氧氣罩交到她手上，可是扣除急救站本身的人手，餘下的氧氣罩根本不夠這麼多人用，她已安排兩個人共用一個氧氣罩，可是這樣只能撐得一時，濃度再提升的話，只怕無法維持。

還有甚麼法子可以多撐一時？

「張醫生。」阿成彷彿看通了她的心意一般，前來問道：「我有些基本中醫按穴手法，可以稍稍紓緩症狀，如果不介意，我這下就教大家作一些基本按穴動作如何？」

「你……學過一點中醫的東西？」張曼霖詫異問道。

「哈，很難猜到印巴人當中醫吧？我可是註冊中醫呢！」阿成臉上有點陌然的笑容顯示他答過這問題太多次了。

「如果能減輕病人痛苦，我沒有理由拒絕。」張曼霖沒有時間在細節上糾纏。

阿成走到急救站病床的位置，對着一衆不適者高聲喊道：「各位，我是成醫師，我有些手法可以減輕大家的徵狀，增加生存機會，大家聽好了！」

「首先，感到頭暈欲睡的話，用指甲大力按摩鼻下的人中穴。然後大家見到脈門內關穴這位置嗎？用力按壓，可以減輕作悶、心悸的情況。」阿成邊說邊示範。

「感到呼吸不暢的話，可以按膻中穴和合谷穴……問題嚴重的話，記得來找我！」阿成為其中一個大叔按穴，對方表情明顯沒那麼難受。然後有好幾位自帶氧氣罩的大媽纏着阿成不放，要他幫忙按這按那，一時又說筋骨痛，阿成費了好大功夫才脫身。

張曼霖見到阿成以純熟中醫手法助人，既佩服又新奇。

可是她的好心情，很快就被新一波求助者拉到另一層絕望泥沼：健身室的空間、氧氣罩數量已追不上需求。正當她苦惱不知如何處理之際，一把冰冷又充滿權威的聲音令她回過神來。

杜永權領着一行十多名壯丁站在急救站前，驅散了求助人群，他們一字排開，來意不善。

杜永權鋒利如刀的眼神直盯着張曼霖：「張醫生，你再這樣搞下去，只會令整個急救站的人一起死亡。」

「我怎樣辦事是我……」張曼霖的話馬上杜永權被打斷。

「把這兒圍封起來，通風位盡量堵住。」杜永權向身後的同伴下指令。

張彪「劈哩啪啦」的拉出了摺閘，很快將急救站封了起來。

「你這樣做只會令我們一起悶死！」張曼霖抗議。

「外面灌入的二氧化碳是工業級份量，跟大家鼻孔噴出來的完全不同比例，別傻了。」杜一下子駁回了張曼霖的抗議：「你等一下就會感謝我。」

張曼霖正想再抗議，可是她知道杜永權說的是事實。

外面傳出一陣騷動聲，透過摺閘隱隱見到有人正朝這邊跑過來。

「放他進來！」張曼霖叫道，張彪只是瞪了她一眼。

「那是來送氧氣罩的啦！」張曼霖再次高聲道。

光仔抱着一大袋氧氣罩朝急救站狂奔，身後有五、六個人吃力地想跑過來搶，光仔見到急救店拉上閘閘有點不知所措，幸好似乎裏面的人見到他，將閘拉開了少許。

光仔一靠近閘門，就被一隻大手拉了進去。張彪「嘭」一聲的再次關上大閘，二話不說的將光仔手上的氧氣罩整袋搶走。

「喂！」光仔怒道，他轉過身一看，發現急救站的氣氛詭異非常。杜永權以及他十多個追隨者，跟張曼霖的人各據一方，控制大局的明顯是杜永權，情況就好像恐怖份子脅持了醫院一樣。

張彪點算過，把整袋氧氣罩遞給杜永權：「20 個。」

「給我，很多人需要這些氧氣罩。」張曼霖憤然道。

「甚麼人有需要，由我決定。」杜永權頭也不抬的回答。

「你爲甚麼要這樣做？」張曼霖走到杜跟前對質。

杜永權終於抬頭望了她一眼：「外面的人沒救了。」

「無差別的救人，只是將所有人都判死。花這麼多資源去累死人是浪費資源，我最討厭浪費。」

※　※　※

三樓大概已經差不多被搜刮清光，陳啟樂心想。他見到好些未找到氧氣罩的人開始軟倒臥地，昏昏欲睡，對比起火場濃煙，二氧化碳致死的速度沒那麼快，可是差別也只是以分鐘計而已。

如果消防局的 BA 組手足在場，至少他們可以幫忙把傷患者馬上抬到頂層，多爭取一點時間。現在除了多找幾個氧氣罩交給張曼霖之外，他能做的實在很少。

是時候到 2 樓繼續搜尋，可是光仔呢？

他向梁志達示意稍息，說道：「是時候往 2 樓再找，光仔呢？去得太久了。」

「我上去看看他情況，你往樓下好嗎？」梁問道。

陳啟樂打量了一下梁志達，說道：「梁先生，你大概是當文職的吧？如果上面要打架只怕你幫不上忙。」

「我可以叫他們罰站，否則記大過。」梁志達禁不住掀開氧氣罩托了一下眼鏡，失笑道：「我是教中學的。」

「那好，梁老師我們一起上去找光仔吧，他上課快要遲到了。」

二人三步併兩步的直奔頂層急救站，陳啟樂遠處見到急救站早已拉閘鎖門，外面有大堆人聚集，更傳出陣陣拍打聲，大感不妙。

果然，透明摺閘後站着一個特別高大的身影，陳啟樂知道出事了。他們二人走到人群的外圍，不少找不到氧氣罩的人絕望地拍打着摺閘，有些人已經開始不支倒地。陳啟樂跑到大閘前面，用力拍打：「開門！快開門呀！」

他抓住摺閘用力搖晃，整個大閘被他搖得砰嘭作響。只見張彪在另一邊對他攤了攤手，作了個鬼臉然後轉身離去。

陳啟樂見到身後的人群也開始跟他一起搖着摺閘，梁老師也過來幫忙了。可是這款摺閘雖然看上去搖搖晃晃的，真的要將它推倒難度卻十分高。

突然急救站內閃出一個身影撲向門鎖位置，那人矮矮胖胖，正是謝愛媛，可是她還未拿到鎖匙，已經被杜永權的人制伏。

「放開我呀！你們非禮！」謝愛媛扯盡嗓門的大喊。

突然「哐啷」一聲，急救站某處有人打碎了一面鏡子。原來是一身白色冷氣褸的鄧家怡，她抓起了一塊較鋒利的碎片，如箭脫弦一樣奔向謝愛媛那邊，一手就往其中一個男人的頸插下去！

男人浴血慘叫，按住傷口大驚倒地。鄧家怡一擊得手，馬上刺去第二個男人。可是她的手還未伸出去，就已經被張彪整個人抓起，再一把丟到數呎外，「咚」一聲鄧家怡纖瘦的身體撞到牆身後軟軟垂倒，變得毫無反應。

「弱爆了！」張彪咆吼道。

「不要！不要打架！」張曼霖慌張的叫道，這時她望到杜永權冰冷的目光。

「脫下那兩個女孩的氧氣罩，直至張醫生成功幫傷者止血爲止。」杜冷冷的說道。

「我代替她！」阿成挺身道，可是還未說完就被張彪推跌：「你想一起死我可以成全你！怎樣？」張彪的大手牢牢的把阿成釘在地上。

「張醫生？」杜永權盯着她問道。

嗶！二氧化碳濃度 (5%)，第五個表情符號雙眼變成交叉，口吐白沫，即使最後一個符號還未亮起，已經很淸楚是死亡骷髏的圖案。

急救站內的一切陳啟樂看在眼裏，憤怒驅使下，摺閘被他瘋狂的又搖又打，似乎眞的有可能整個塌下來，嚇得另一邊杜永權的人連忙上前撐着摺閘。

陳啟樂好像擁有源源不絕的力量，直至有人從後面扯走了他的氧氣罩爲止。

梁志達也無法倖免，一樣被人硬生生搶走了氧氣罩。

陳啟樂突然陷入一種超敏反應狀態：時間變得極之緩慢，人叢中的肢體拍打大鬧、摺閘的搖晃聲、急救店內的反應……全都異常緩慢而清晰。

他腦中閃過一個念頭：沒有氧氣罩的話，挨不了多久自己也會躺在地上。

必須找到氧氣罩！

他拉住梁志達的手，離開急救站的人群。該往那兒找氧氣罩？3樓以上的店鋪大概已被人搜刮一空，最大成功機會的就只有濃度最高的1、2樓兩層，沒時間了。

他跑到扶手電梯口，拼命想找出有機會有氧氣罩的位置。衆多店鋪之間，他鎖定了6樓一間店鋪。

「這邊，跟我來！」陳向梁志達示意，可是二人甫踏進扶手電梯已感到眼前一眩，步履浮浮。

「去哪兒？」梁志達喘着氣問。陳啟樂指着一家浴室用品專門店，但那兒已經被人搜刮過無數次，根本不可能再有氧氣罩。

「老實說……嘎嘎……我還未有女朋友。」梁志達開始自言自語，神志模糊：「嘎嘎……我不想死在這兒……未脫單前不能死。」

二人跌跌撞撞的闖入浴室用品店，陳啟樂從貨架胡亂拿了兩包東西就示意梁志達跟他走，陳同樣神志模糊的回答道：「放心……你會活很久。」

陳啟樂感到天旋地轉，幾乎看不清路，這計劃有效嗎？來得及嗎？他邊走邊想。

※　※　※

5%看上去不算一個大數字，可是整座商場東翼咳嗽聲此起彼落。有短促夾雜着痰沫的喘咳聲，就好像誤把辣椒嗆進氣管那種聲音。

在這環境下，人體本能上會加快呼吸，希望得到更多氧氣，可是這樣只會吸入更多二氧化碳，惡性循環。

不少人未能找到氧氣罩，人群好像被噴了殺蟲劑的螻蟻般，吃力地往上層爬，不少爬得一半就原地倒下，地上有很多身體作最後的蠕動，靜止不動的逐漸增多。

嗶！二氧化碳濃度(8%+)，最後一個骷髏符號亮起。濃度增加的速度比之前快了很多。

商場內的咳嗽聲逐漸止息，然後只有死寂以及輸氣模組的扇葉轉動聲。

急救站內，剛才被鄧家怡刺傷的男人已經成功止血，正靜靜的躺在其中一張瑜珈蓆上休息。杜永權亦守諾歸還氧氣罩給謝、鄧二人。

隨着二氧化碳濃度增高，他甚至釋出一些氧氣罩供站內的人使用。

張曼霖雙手血漬斑斑，這兒沒有正常的清潔用品，因爲沒有購買廁所使用權，她連洗手的水也沒有。

謝愛媛靜靜的守在鄧家怡身旁，謝本身並無大礙，可是鄧家怡似乎暈了過去，她的手被碎片割傷，只能勉強用毛巾包紮止血。

大家只能靜候大會宣布關卡結束，到底氧氣罩的氧氣份量是否夠用？沒有人能說得上。

※　※　※

二氧化碳濃度去到最高峰的時刻，連稍爲掀開氧氣罩也會頭眩，共用氧氣罩變得極之困難。張曼霖再苦懇求，杜永權才肯首釋出氧氣罩給站內的人使用。

嗶！大屏幕顯示這麼一句：「關卡任務結束，換氣開始。」然後是樓下的送風機全力運轉的聲音。

換氣倒是相當快捷，不出十數分鐘，大堂就傳出「嗶」提示音，屏幕顯示二氧化碳含量已跌至 1% 以下，表情符號又退回第一格的笑臉。

所有換氣風扇模組已停止運轉，空氣靜得可怕。下層搜尋氧氣罩失敗的人有如枯葉散落一地，得不到氧氣罩的人似乎已經無人生還。

張曼霖一咬牙，衝往之前被張彪鎖死的亞克力摺閘解開門鎖，張彪和杜永權等人並沒有阻止。

張曼霖拉開摺閘就往下層直奔。

「陳啟樂！」張曼霖邊走邊高呼，她幾乎被一具屍體絆倒。

「陳啟樂！」張曼霖小心翼翼的穿過堵在電梯口的屍堆，每走幾步就高喊陳啟樂的名字，如是者走了數層，仍然一無所穫。

即使陳啟樂活不了，至少在他被無人機「清理」之前，見上最後一面也好。

「陳啟樂！」她的聲音已失去希望，改爲在屍堆中找出陳啟樂的面孔。

突然遠方某個後巷傳出一陣咳嗽聲引起她的注意。

「陳啟樂！我不許你死呀！」張曼霖視線變得模糊，匆匆跑到聲音的方向。她用力推開男廁的門口，只見陳啟樂和梁志達分別倒臥在廁格當中，偶爾傳出陣陣咳嗽，貌甚痛苦。他們手中拿着沐浴喉管，喉管的另一端直插在馬桶裏面。

張曼霖雖然不知其理，似乎陳、梁二人在沒有氧氣罩的情況下，利用喉管深入馬桶的去水喉中，呼吸到氧氣。

陳啟樂勉強睜開一隻眼，虛弱的吐出一個字：「霖……」

張曼霖望見喉管一端的水漬，猜到陳、梁二人在吸到氧氣前，大概無可避免的喝了一兩口廁所水。她用力摟緊陳啟樂，破涕爲笑：「由今天起，你就是不折不扣的屎坑口！先躺着別亂動，接下來放心交給我吧。」

※　※　※

聽到大屏幕傳出「安全」的指示音效之後，張曼霖率先一股腦兒衝了出去。良久，急救站內本來踡縮在一角的人們才慢慢活躍起來。

絕大多數人仍不敢脫下氧氣罩，尤其親眼目睹急救站外不幸者窒息至死的慘狀，彷彿戴了氧氣罩就多了一重保障。

吳卓熙卻很快脫下了氧氣罩，他使勁地揉着眼睛，幾乎把眼球都按進頭殼裏了。他眯起眼望着遠處，似乎見到某些極不合理的東西，荒謬得不敢相信自己雙眼。

「你要去哪?」阿成見到吳卓熙站了起來似乎想出去。

「我見到嚴同學好像在叫我出去。」吳回答。

「我跟你一起去吧,有個照應比較好。」阿成仍然不敢脫下氧氣罩,有點吃力地站起來尾隨吳卓熙。

二人走出急救站,吳卓熙好像受了某種看不見的力量驅使,不斷往下走,而且愈走愈快,阿成大概已被甩在後面。

吳卓熙使勁地追趕着嚴澤峰的身影,無論走得多快,嚴總是繞在他前面招手。

「嚴澤峰!你走這麼快想幹嘛?」吳喘着氣問道,不經不覺原來已走到東翼地面大堂。

終於嚴澤峰停下轉過身,說道:「龜熙!你仍是龜一樣的慢。」

「你把我引下來有甚麼意圖?我的同伴會過來幫忙的。」吳卓熙突然回復了戒心,是否太遲了?

「你要盡力活下去,別令我失望。有東西送你。」嚴澤峰微笑道,說罷轉身就跑。

「喂!」吳卓熙吃力地追上去,只見嚴澤峰竄進一家特價雜貨店,門外躺了好幾具屍體。

吳卓熙追了上去，雜貨店好些貨架被打翻了，可能就是門外那幾位死者幹的。吳穿過一排又一排的貨架，終於在遠方望到嚴同學在等他。

嚴澤峰只是向他揮手，狀似在道別。吳卓熙欲上前問個究竟時，嚴又再次跑開不見了。

吳卓熙走上前，步入眼簾的卻是嚴澤峰在地上一動也不動的屍體，他臉上蒙上了手巾，可惜手巾無法阻隔二氧化碳。

「喂！別玩啦！」吳卓熙稍稍用腳踢了一下嚴澤峰，毫無反應。

「喂！喂！你沒事嗎？」吳卓熙慌了，這時他聽到阿成的腳步聲漸漸變近。

「阿成！我在這邊！快來幫忙呀！」吳卓熙高聲喊道。

沒多久，阿成就氣吁吁的站在吳卓熙跟前。

「快幫他！剛才他還在我前面跑得很快，現在就變成這樣子！」吳急忙說道。

阿成立即脫下氧氣罩，上前查探嚴澤峰的脈搏和呼吸，然後開始做心肺復蘇，口中喃喃數到30，就向嚴口中呼氣，如是者重複了不知多少次，只見他滿頭大汗，向吳卓熙搖了搖頭。

「嚴澤峰你這樣就走了呀？」吳卓熙喉頭一酸，淚水已缺堤不止。

「你這位同學有信仰嗎？」阿成問道。

吳卓熙搖頭表示不知道。

「不打緊，如果你不介意，容我爲他作一個簡短禱告好嗎？」吳點頭。

阿成走到嚴澤峰的屍體前面跪下，額頭輕觸地面作叩拜之禮。然後他徐徐站立，低頭閉目，雙手合什輕唸道：「嚴澤峰同學你好，我是阿成，成安格，我以中文說出這段禱告，這是希望你的靈魂聽到後會感到安心。Waheguru，我祈求古魯至高無上的眞理爲嚴同學作出安慰和指引，無論嚴同學的靈魂將要前往何處，求神引領他順利到達下一個目的地得到安息……」然後是一連串短促的錫克教禱文。

半晌，阿成張開眼睛，只見吳卓熙一邊拭淚一邊望着自己。

「嚴同學會去到錫克神的天堂嗎？」吳卓熙問道。

「坦白說，我不知道。我只是在祈求神明爲他指路。你跟嚴同學是好朋友嗎？」

吳卓熙拭眼然後搖頭：「在學校他常常欺負我，可是見到他死了我就很難過。明明應該很高興才對……不是嗎？」

阿成輕拍吳的肩膀，柔聲道：「古魯其中一道智慧，就是說『沒人是我的敵人，也沒有人是陌路人，衆人都是我朋友』。以前讀書時，也有很多同學鬧我回印度吃香蕉、快點喝恆河水之類的，可是日子久了多了認識，大家也就變成了朋友。」

「也許吳同學你是爲了一位朋友哭泣，本來經過時間沉澱後，彼此有機會化成眞正的好友，現在機會沒有了，感到難過很正常。」

吳卓熙聽罷，又是頻頻拭淚。

嚴澤峰身旁打翻了數個雜貨盒，盒面都貼有渡船伕圖案貼紙。阿成撿起其中一個雜貨盒打開，果然全都是氧氣罩。他不禁嘆息，只差一點這位年輕人就可以活下來了。

「來吧！我們把這些氧氣罩帶走，也許之後還會有用。」

二人合力將這些氧氣罩都搬走，吳卓熙想過要爲嚴澤峰的遺體做點甚麼安葬儀式，比方說弄個被舖之類的，可是大家並沒有這個餘裕，手頭上也沒有任何可用的物料。相比下，剛才雜貨店那些無親無故的屍體就慘得多了，他們伏在打翻了的貨架上，嚥下人生最後一口氣之前也找不到氧氣罩。

難道這些屍體爬起來換位置了？還是有甚麼人動過手腳？吳卓熙隱隱覺得有點不妥，但又說不出所以然。

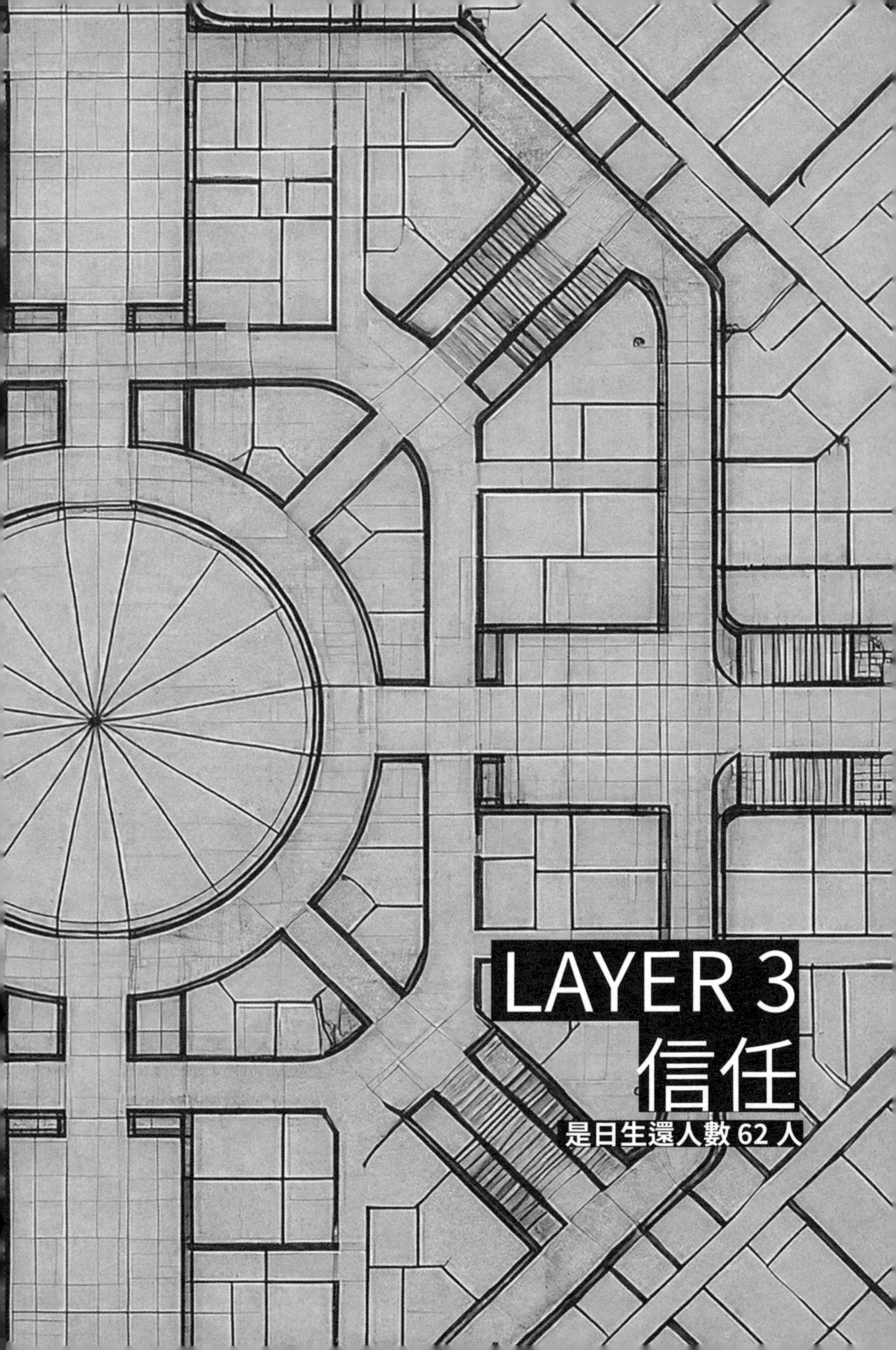

LAYER 3 信任

是日生還人數 62 人

雖然空氣回復正常，可是不少人出現二氧化碳中毒後遺症，健身中心變成正式的醫院，大批參加者聚集求助。不少是頭痛作悶，還有很多是喉嚨灼痛，口舌發苦。

嚴重者如陳啟樂和梁志達等人，只能臥床休息，即使經阿成推拿紓緩，一時三刻也很難將體內的酸毒驅散。

「嗶！」大家聽到這個提示音，本能地嚇了一跳，就連迷糊臥床的陳、梁也不例外。

大堂屏幕突然亮起，是女職員精神滿滿的臉孔。

「恭喜各位成功闖關的參加者！這個關卡難度不低，所以每人自動充值 3000 魂幣！如果找到額外氧氣罩的，每個可算作 2000 魂幣，祝各位今晚吃好睡好喔！」

每人手中的魂幣傳出「噹」的提示音，表示已經成功充值。

畫面再切換成渡船伕的圖案，播着毫無個性的商場背景音樂。

3000 魂幣對於很多剛巧不夠錢吃飯的人來說是個大喜訊，這當然包括昨晚吃不飽的陳啟樂一行人。

急救站內陳啟樂和梁志達臥床不起，張曼霖和阿成為患者作紓緩治療無法抽身，光仔受梁志達所托，早已潛到商場深處不知找甚麼。閑着的就只有吳卓熙和趙爺孫，於是走到 1 樓大堂買飯的工作就由他們負責。

吳卓熙想起那素白包裝的基本糧食，梳打餅上那一丁點鹽粒，想想已覺得是人間美味。

「喂你們！稍等一下！」吳卓熙身後傳來謝愛媛中氣十足的聲音，在她身邊還有用玻璃片刺傷人的女生鄧家怡。

一肥一瘦兩女趕到吳卓熙跟前，謝愛媛腿短跑得有點上氣不接下氣，她深呼吸後說道：「我們要替上面急救站的人買東西……就你們三個，不怕被人搶糧呢？」

「怕。」吳卓熙答道，他想起昨晚被嚴同學搶糧包的事，現在嚴澤峰已不在了。

趙爺爺打量兩女，問道：「多了你們兩個女孩子也不見得很有阻嚇力哦？」

鄧家怡舉起纏了毛巾，滿是血跡的右手，答道：「現在大家都怕我，就你們不怕。」

趙爺爺有點戒懼地點頭同意：無聲狗咬死人，二話不說就拿利器刺人的，無論是男是女也危險。

「才不會怕啦！你又不是精神病院那種白卡神經病。」吳故作輕鬆的回答道。

「我是。」鄧家怡毫無表情的回答。

突然氣氛變得無比尷尬，吳卓熙的笑容僵住了，不知該如何接下去。

五個人就這樣默默往下走到１樓大堂點餐。

「明明就可以用無人機送餐過來，爲甚麼硬要我們老是上上落落的跑呢？」謝愛媛走了一會就開始抱怨。急救站在８樓，大伙兒睡在４樓的潮人家品店，即使有扶手電梯也頗爲費腳力。前者爲了防範二氧化碳湧上來，後者則爲了避開張彪那類好勇鬥狠的人來找麻煩。

一直沉默的鄧家怡突然開口了：「也許，這是想我們有更多機會自相殘殺。」

衆人聽罷又是心底一寒，即使趙妹妹也緊緊摟着爺爺，一雙圓目滿有戒心地盯着鄧。

謝愛媛柔聲道：「也許，這是驅使我們要團結互助也說不定。」原本繃緊的氣氛再次緩和起來，可是走了幾步她不禁抱怨：「天哪走這麼多路！眞想有人可以來個消防抱，抱我回去。」

「姐姐這麼重，消防員都給你壓成果凍啦！」趙小妹妹冷不防一記抽擊，謝愛媛一時竟然反應不過來，只能哈哈傻笑。

「亂講，陳哥哥那樣的消防員氣力大不大？他可以扛起兩個爺爺喔！」趙爺爺連忙打圓場岔開話題。

「可是哥哥痛痛在睡覺覺啦！」趙妹妹不服抗議。

謝愛媛一拍腦袋，大叫：「啊差點忘了，我們得加快腳步去領餐才行，另外也得去2樓美食廣場走一趟。」

一行人連忙到大堂取過了糧食包，然後繞道到2樓美食廣場——那兒已經變成張彪一伙人吃喝耍樂的根據地。張彪大概從某個電器店搬來一些影音器材，索性將之變成私人卡啦OK包廂，幸好音響設備功率有限，而美食廣場的設計又有着困住聲浪的作用，否則整個商場的人都難有好眠。

謝愛媛領着吳、趙等人走進美食廣場，張彪抱着一瓶啤酒在唱歌，他身後十多雙野獸般的目光正打量新來者，集體地盤算着三個念頭：性？糧食？發洩？

謝愛媛有種完全無視這些目光的能力，她走去自動點餐處，馬上吐糟：怎麼由8千漲價到1萬了？

遠次的男人們一陣訕笑：「哈哈哈，減磅啦肥婆！」「自己從肚腩擠點肉出來就夠大家吃好幾天了！」

謝愛媛本來點選了三個餐，改了兩個，然後從調味區大把大把的抓走了不少醬料。

男人們的焦點轉移到她身後瘦削的鄧家怡：「喂瘦妹，你最需要營養！叔叔有很多蛋白質免費給你！」「這麼瘦，叔叔一記毒龍鑽她就出血升天啦！哈哈！」說罷向着她作性交狀，其他人起哄助威。

突然鄧家怡轉身面向大叔群。

「別理他們。」趙爺爺低聲道。

鄧家怡面無表情的褪開右手包紮用的毛巾，再對着大叔們掀開裙子，下面空空如也沒有內褲。她將右手的傷口擠出血，塗抹在下體附近。

整個美食廣場的氣氛登時詭異到極點，大叔們不再喧嘩，就連忘我高歌的張彪也回過神來，看看到底發生了甚麼事。

鄧家怡沒有說話，就連半點稱爲表情的東西也沒有，就這樣空洞的盯着大叔們。

「這妞瘋了。」有些大叔開始別過頭，假裝沒有看到她。

「走吧。」謝愛媛輕輕的伸手牽走鄧家怡。

※　※　※

鄧家怡獨坐在 3 樓的甜品店外，甜點全都是陳列品，完全沒有實貨，但不知怎的就有眞正甜品店的氣味。

她遠眺下層 1、2 樓名店區，杜永權很早就撒了不少魂幣跟女伴搬了進去，後來他招攬手下之後，更加經常有人出入，氣氛儼如高級夜店一樣。

這兒沒有太多女人，大部份都投靠陳啟樂那邊，名店外流連的男人們普遍散發着性苦悶的能量。這一點鄧家怡從小已很清楚，通常這股能量一出現伴隨的都不是好事。

「你在這兒發呆幹嘛？」是個年輕人的聲音，他也有一點性苦悶能量，但未算危險。

鄧家怡轉過去，是個穿着籃球裝，個子不高的年輕人，名字她忘了。

「我是跟着血跡來的。」那年輕人指着地上的一點點的血，喔對了原來傷口還未止血。

鄧家怡望着他，不知道應該說甚麼話。

男子捧着一堆東西，他手忙腳亂的將東西放好，首先掏出一瓶潔手酒精，說道：「你把右手伸出來先消毒，可能會有點痛。」

鄧家怡有點好奇，這個商場雖然大，可是很多地方根本沒有眞正的貨物，都是假貨，這人怎麼可以找到這麼用得上的東西？

「你在哪兒找到這些的？」鄧家怡終於好奇問。

男子不是太擅於一心二用，替她抹傷口才能回答：「我？我叫光仔。」

然後他拿出一條較薄的毛巾先把傷口包好，再掏出電線膠紙，說：「你手掌的傷口很長，這是暫時的，最好快點去急救站找那位女醫生幫忙。她很好人，一定會幫你。」

光仔勉強把電線膠紙纏好，有點不好意思的望着鄧家怡的手掌，問道：「能活動嗎？」

鄧家怡勉強活動一下手指：「不算礙事，謝謝你。」

光仔有點不好意思，又在手忙腳亂的收拾自己帶來的用品。

「你想跟我上床嗎？」鄧家怡問，他們每一個都想。

光仔聽罷手中的工具嘩啦嘩啦的全部跌在地上，他望着鄧家怡，耳根開始發紅：「怎麼突然說這個？」

「這兒有很多人都想。再一天、兩天，他們會開始強姦人。」鄧家怡輕描淡寫的說。

光仔別過臉答道：「男……男人都是好色的啦，但不是所有男人都這樣。」

「你呢？你爲甚麼要弓起身子？」

鄧家怡一問，光仔馬上改爲雙手插褲袋站直腰板。

「爲甚麼你會問這些瘋狂問題？」光仔極之不自在，但又未有離開的意思。

「你沒聽說過嗎？我眞是精神病喔！」鄧家怡答。

「我聽聞過美食廣場的事。」光仔仍然不敢直視她，繼續道：「所以我才會來，因爲其他人不會。」

鄧家怡用一種空洞的眼神望着光仔，問道：「你認爲這樣做，我會被你的眞心感動，然後跟你上床是嗎？」

光仔突然用力嘆了一口大氣：「好了我認了！我還沒有脫單，如果眞的要死在這兒，死之前能交到女友就好了。我沒想到上床那麼遠好嗎！」

鄧家怡的站姿沒變，可是眼神已經不再空洞，她仍然輕描淡寫的問：「我是會拿刀刺人的女友喔。」

「我對自己身手還有點自信。」光仔傻笑道。

「也許你只是瘋了。」

「對，如果我們能出去，介紹醫生給我吧。」光仔重新收拾地上的東西，鄧家怡也一起幫忙。

※……………………※　※

吳卓熙到處找梁志達，原來他在4樓大本營不遠處，將一家補鞋店改裝成工作室，跟光仔以及好幾個人，有一罐沒一瓶的在調混着甚麼東西。

「吃飯了！」吳卓熙推開門，一陣化學味撲鼻而來。

「快出去！」梁志達他們全部戴着之前的氧氣罩，否則他們也耐不住這種化學味。

吳卓熙看着他們在調合的東西很有趣，按着鼻子問：「這是甚麼來的？」

「防身道具！臭氣彈！」梁志達答道：「我這種文弱老師，除了行政改簿就沒本事，弄些道具至少對大家有點貢獻吧！」

吳卓熙受不了化學劑氣味退後了兩步，說道：「好像很厲害呢！就像那套甚麼美劇的主角……我爸爸很喜歡看的！」

梁志達聽得呵呵大笑：「《絕命毒師》？我才沒有那種技能和才華啦！就連當助手也不配。」然後是一輪製毒的技術解說。

光仔和吳卓熙聽得津津有味，光仔說道：「如果當初我的理科老師像你這麼有趣，我今天大概……算了，大概也仍然是當宅配員，人太蠢讀不了書，哈！」

「謝謝你們，我很久沒講書了！」梁志達開始收拾工具：「每天都是搞行政。」

梁志達他們很快收拾好化學劑，隨着吳卓熙走到不遠處的家品店總部用餐。

打開店門一陣香味湧至，大家已經兩天沒有吃過正常東西，肚子馬上咕咕作響。謝愛媛穿着圍裙，十分熟練地爲大家端菜，名堂卻沒有人說得上來：有梳打餅、一些炒麵、一些菜、一些不知名的肉、一些意大利粉、再加上一碗曾經是麥片粥的糊狀東西。

可是完全沒有人抱怨，大家已狼吞虎嚥的吃掉了一小半。

「我加了雞胸、健身蛋白奶粉以及大量調味料，都是這一帶找到的東西啦！味道可能有點怪，我已盡力了啦！」謝愛媛一臉自豪地說。

此刻在衆人心中，這不是科學怪人餐，是來自上天的珍饈百味。

吳卓熙直豎姆指，大讚道：「這些東西居然可以煮成一道菜，媛姐姐你眞厲害！」

「我在外面是餐廳服務員，一直有努力跟大廚偷師喔！」

謝愛媛卻沒有停下來跟大家共膳，她捧着兩大碟「分子料理」用臨時製的保溫蓋蓋好，小心翼翼的走到扶手電梯方同。

「你去哪？」光仔問。

「上去送餐！」謝愛媛答。

「送餐讓專業的來！」光仔自薦道。

「你好好吃飯啦專業個屁！」

謝愛媛哼着歌，急步往急救站走去，站內除了一兩人還在候診之外，其餘都已經到4樓吃飯。地面滿是瑜珈墊以及用過的氧氣罩，不久前這兒還是生死相搏的地方。

第一個迎接她的是阿成，他已經替人按穴治療了好幾個小時，本來正閉目席地休息：「好香！這是甚麼東西？」

謝愛媛一記轉身以背部擋着他，道：「去去去！這不是你的！你的份在4樓。」

阿成只好無奈地動身下樓。

謝愛媛在急救站的一角見到席地而睡的陳啟樂，他只是胡亂蓋上一條不合身的毛巾，不時沉重地呼吸。

她捧着晚餐放輕腳步，柔聲道：「嗨！大英雄消防員，起床吃飯嚕！」叫了好幾次，陳啟樂才掙扎着起來。

「我睡了多久？」他把臉埋在掌中問道。

「晚飯都煮好啦，吃好一點，身體快點復元。」謝愛媛輕輕將餐盤和餐具放在陳啟樂身旁的小茶几，一邊慰問道：「頭還在痛嗎？」

陳啟樂仍在用力揉眼，一邊點頭。

「來，先吃一點東西，血液循環變好才會把毒素驅出去。」謝愛媛拿起碟子，差點沒有向陳啟樂餵食。

「聞起來真香。」陳啟樂終於勉強回過神來接過餐盤。

謝愛媛望着他只是微笑。

「謝謝你，我這就拿去給張醫生。」陳啟樂掙扎着起來，謝愛媛連忙扶着他，說道：「這份較大是你的，另一份是女孩子份量啦。」她沒有說出口的是，我的份也給你了。

「是這樣子喔？」陳啟樂似乎仍然陷入腦霧當中：「我兩碟都拿進去讓她選就是。」

謝愛媛沒再說甚麼，微笑揮手就悄悄離去。

陳啟樂端着餐盤，走到被用作診所的按摩室，張曼霖正在爲一名婦人檢查瞳孔和咽喉，不厭其煩的解釋：「你口中發苦是正常現像，頭痛只能等它慢慢褪去。」婦人稱謝就連忙離開。

陳啟樂以肘撞門示意：「張醫生請取餐。」

張曼霖望了他一眼，只是淡淡的道：「放下就可以，我還要準備回收一些可用的物資。」

陳啟樂討了個沒趣，抱怨道：「爲甚麼一起吃飯也不行？」

張曼霖只是瞪了他一眼，沒有回答，手上忙着將散落在地的毛巾和雜物分類。

「今天中午明明你不是這樣子的，我又做錯了甚麼？」他想起張曼霖在廁所緊緊擁抱自己的畫面，那彷彿是另一個時空的事了。

張曼霖停下手頭的工作，望着陳啟樂正色道：「如果我們未來繼續在一起，餘生我都要經歷今天的情景，慌忙的在屍堆中看看是不是你。如果你的身體明天不好起來，我明晚就會在屍體堆中見到你。不，你沒有做錯甚麼。」

陳啟樂語塞，張曼霖趁機道：「陳隊目，讓我辦好手上事情然後靜靜吃飯可以嗎？」

※ …………………… ※ ※

清早，無人機再次來到陳啟樂他們的家品店上空。

一陣復古風的提示鈴聲反覆響起，提示大家快要進行新一輪的關卡。

這次是趙爺爺被無人機吵醒：「怎麼了，突然回到八十年代的茶樓嗎？」

生還者不少都有着二氧化碳中毒後遺症，陳啟樂和梁志達尤其嚴重，再加上糧食短缺，大部份人都顯得行動遲緩，意志渙散，好些人僅僅在 30 分鐘時限完結前才趕到東翼大堂集合處，張曼霖就是其中一人。

「怎麼了？到處找不到你，又在上廁所嗎？」陳啟樂帶着少許責備的語氣。

張曼霖輕輕點頭，不置可否。

屏幕上出現的主持換成一個老伯伯，他咬字有着老年人缺牙那種軟糯：「早安！各位有賴床嗎？歡迎各位來到第三日的關卡挑戰！如果大家喜歡尋寶鬥智鬥力，今天的關卡就是爲你而設啦！」

「獎品嘛……一樣豐富！這次承諾服務清單絕不加價，各位成功通關就可以吃好睡好，精精神神迎接更多挑戰！」

「怎麼了？」老伯伯裝出很意外的樣子：「大家不興奮嗎？也難怪，太多二氧化碳人就會變睏。來吧！伯伯先賞大家一些祖傳醒神配方，不可以說出去喔！」畫面換成渡船伕圖案，下面僅有一句：各參加者請依照指示領取配方。

不知何時，東翼大堂對開的走廊空間，突然建好了數批類似試身室的臨時攤檔，有告示牌標示「特殊治理中心」幾隻字。在無人機指示下，參加者被分成一批批的接受「特殊治理」。

陳啟樂迷迷糊糊的隨着大隊輪候，每人須走進獨立的間格內然後拉上布簾。間格入面就只有一個耳機、一個小屏幕以及一小瓶不明來歷的飲料，屏幕只有一行指示：(1) 戴上耳機 (2) 喝下藥水。

陳啟樂載上耳機，只聽到他自己的聲音在說：「這瓶藥水會解除你體內的酸中毒、修正血氧水平、顱內壓以及……」陳啟樂還沒有聽完就一口把藥都灌下去，酸酸甜甜有點像電解質飲料的味道。

耳機的聲音繼續說道：「服用後大約 5 分鐘內會產生藥效，治療各種二氧化碳中毒徵狀。為確保療效，請依照屏幕指示觸碰正確答案。首先請點選畫面中所有紅色數目字……」

大約三十分鐘後，所有人都完成了特殊治療，紛紛回到大堂當中。

果然陳啟樂的頭痛及渾身酸痛都不見了，就連缺乏糧食的手腳冰冷無力也有所消褪。他走到張曼霖跟前問：「你知道我們剛才喝下的是甚麼東西嗎？」

張曼霖搖搖頭：「能夠一小瓶、短時間根治好這麼多徵狀的藥，我們有兩個字去形容：巫術。」

大屏幕的老伯伯又再度出現：「大家精神爽利了嗎？是時候辦正事！」

然後他開腔唱：「齊心～就事成，啦啦～啦啦！這兩天的關卡你們大抵已經找到一些志趣相投的合作伙伴了吧？你們需要分成兩隊，每隊不設上限，最少 10 人，如人數不夠，我會介入將一些人強制調隊喔！」

事實上老伯伯未提出這點之前，人們已經隱然分成「陳啟樂」以及「杜永權」兩派，62 名生還者中，崇尚權威力量的，紛紛歸附在杜永權之下，他們多數是盛年男女。

陳啟樂這邊的作風是關愛助人，加盟的人個性比較溫馴，人數也較少，只有十多人。兩隊的人這麼一站，強弱差距相當明顯。

「都歸隊了嗎？很好，現在請推舉一位領袖，由他站上前讓我看清楚。」老伯伯說道。

同樣地，人們很快推舉杜永權和陳啟樂二人上前，全無懸念。

老伯伯裝作老花看不清楚的樣子，湊近鏡頭仔細打量陳、杜二人，說道：「現在所有隊友持有的魂幣，就會由隊長決定如何使用。你們兩位，特別是年輕那個，可謂任道而重遠矣。強弱相差三倍！一旦隊長退場會怎樣哪？勝者全取，會完全吸收另一邊的資源和人員。」

杜永權雖然面無表情，可是認識他的人，會見到幾不可辨的笑容。

老伯伯乾咳一聲，繼續道：「好了，年紀大眞的會長氣。今天的任務就是在這兒尋寶！」

畫面顯示一條窄通的通道，接連西翼遠端一個超級龐大的貨倉，即使用來當鐵達尼郵輪的船塢仍然剩下足夠空間再停泊兩架 747 客機，裏面是一排又一排大約三、四層樓那麼高的貨架，密密麻麻的裝滿了各種貨物，各個貨區以鐵籠分隔，普通人如果無人帶路，很易迷失在裏面整天都走不出來。

屏幕中，老伯伯撐着拐杖，吃力地邊走邊說明：「這個貨倉內，總共藏有 4 個魂超級寶箱，每隊各有兩個寶箱的坐標。可是，刺激的部份來咯！大家還記得剛才的特殊治療嗎？」

衆人面面相覷，果然喝下的不是好東西。

「放心！藥方面沒有問題，只不過你們每隊當中，都有一個人比其他人更特殊，他的任務就是負責出賣隊友或破壞成員的行動。當你們努力找尋寶箱的時候，他就會悄悄把座標告訴給另一隊人知道了喔！安心安心，你們的隊長沒問題。」

老伯伯湊近鏡頭，裝作悄悄耳語狀：「噓！兩位潛伏者聽好了，如果你們自行揭穿身份，將會立即死亡。相反，如果你們成功洩密，導致敵隊搶到寶箱的話，你將會得到豐厚魂幣獎賞！剛才的教學應該都很清楚了，每個環節你們都有方法可以破壞或洩密，小心別被抓包啦！抓到內鬼也有賞金的！」

老伯伯作狀左右顧盼，確保沒有人偷聽之後繼續道：「我們老派人常說『財不可露眼』，固然你發大財後可以吃香喝辣，但是這樣隊友們很快知道你是內鬼了吧？低調點悶聲發大財就好，比方說……買下免死金牌，這是很有價值的投資哦。」

老伯伯說畢轉身就走，可是走不了兩步又回過頭：「我知道你們這些小鬼頭在想甚麼，出賣隊友，再把獎金送交隊友行不行？不可以啦！那是你一人獨享的獎金，加油！」

大屏幕切換成一個巨型分牌，分別寫有「陳啟樂隊」以及「杜永權隊」，每隊是兩個寶箱的剪影圖案，用來顯示找到了多少個寶箱。可是屏幕的最右方是第五個寶箱的剪影，老伯伯從未有提及。

無人機分別飛到陳、杜上方：「請兩隊依照指示，到起點集合。」

※　※　※

陳啟樂一行人跟隨着無人機走到起點，那是其中一個貨區的入口，被鐵籠區隔着。杜永權一行人大概被分派去貨倉的另一端。

世界頂尖電商龍頭的貨倉，面積之大，佈局之複雜，據聞會令人迷路走不出來。這兒大概將那種超級貨倉放大了好幾倍，根本看不到盡頭。

吳卓熙第一次見到這麼大的貨倉，舉頭四處打量。梁志達在他身後說：「貨倉不是大就好，這麼大反而更難調配貨物，我記得以前讀過有一數學公式去分析面積和效率的比例……」

陳啟樂審視隊中每個面孔，衆人都神情繃緊，擔心被揭穿或被誤會，抑或這只是他的心理錯覺？他絕對信任張曼霖不會出賣自己，也許另一個可以信任的，就只有趙可晴小妹妹了，3 歲小朋友大概不會掌握得到如何當內鬼。

無人機吊來一盒套裝，分別是一副眼鏡以及兩個對講機。

「第一關卡，參加人數爲 5 人，隊長戴上眼鏡，指揮隊員穿過地雷陣取得地圖。受傷無法活動者將被視爲退出。」無人機丟下這句簡單的指示後就飛到衆人上空，原來貨倉上空有大量無人機在往返巡邏。

陳啟樂取過眼鏡，一戴上四周的立即顯示各種數據及坐向。

「AR（擴增實境）眼鏡是嗎？」陳啟樂調校眼鏡的位置，眼鏡成功配對後就配放一段示範動畫，表示前方的貨架通道中，不少地方已佈置近距感應地雷，只要經過就會爆炸，下一鏡就是載着假人的無人車經過，立即被炸飛化成碎塊。

終點前面共有 9 條通道，只有一個路線組合安全。陳啟樂絕對不會對隊友說謊，可是也許這個眼鏡會。

陳啟樂轉過身面向衆隊友：「我們要派人穿過3組貨架，我會透過對講機提示安全路線，可是這眼鏡有可能會被內鬼干擾。」

他深深吸了一口氣，繼續道：「我會隨機抽3個人走過去，這樣內鬼也有可能炸掉自己。」

張曼霖第一個挺身：「我去。」她會是內鬼嗎？

不太可能，她不是能憋住秘密的人。

陳啟樂搖頭，他觀察着衆人反應，終於吐出第一個名字：「光仔，你走右邊的貨架，走到盡頭停下。」

光仔吁了一口氣，緩緩上前道：「如果我死了，記得把內鬼揪出來，男的剪掉，女的封死。」

說畢他就朝第一批貨架右邊的通道走去，他走得很慢，希望可以找到埋藏地雷的線索，至少可以讓其他人提防。

終於光仔無事走到盡頭，他轉過身高舉雙手作勝利狀。

「爺爺，男的剪掉甚麼？」趙妹妹問。

趙爺爺不好意思的笑道：「頭髮啦，剪到像爺爺這樣稀疏就很醜怪了喲！」他心中慶幸趙妹妹沒有再追問下去。

「鄧家怡。」陳啟樂緩緩吐出第二個名字：「這次是左邊的貨架。」

鄧家怡完全沒有半點豫疑，她雙手插袋，低着頭先經過光仔的路線，再望了望左邊就踏步走，彷彿是死是生也無所謂，很快她也無事抵埗。

「最後一位是吳卓熙，抱歉了小兄弟，你走中間。」陳啟樂挑的名字並非真正隨機，他只是裝隨機而已，這些都是對團隊影響較小的成員。

吳卓熙倒很鎮靜，甚麼也沒說的把最後一段路都走完。

「寶箱到手了。」對講機傳來吳卓熙的聲音，是5萬魂幣。

陳啟樂正想開口時，突然遠方「砰」一聲巨響打斷了他的思路。

杜永權那邊有人引爆地雷了。

「快動身去下一站！」陳啟樂回過神來，對衆人說道。

無論這邊的內鬼是誰，他在這個關卡沒有動手，但另一名內鬼有，這是難得的優勢。爲甚麼這邊的內鬼不動手？也許他就是4個成員其中一人，害怕身份被悉破所以按兵不動。

無人機領着陳啟樂團隊合流，陳啟樂眼鏡展示了第二個寶箱的坐標，他們一行人也就急步趕路。期間再傳出更多「砰」的爆炸聲。

「怎麼會有 5 次爆炸？每隊才 5 人而已。」謝愛媛不解問道。

梁志達托了一下眼鏡，答道：「也許他們補充了更多人手去開路，又或者想到別的方式去觸發那些地雷。」

光仔一直心不在焉抬頭望向遠處，突然他喊道：「看！我 10 點方向的無人機。」

陳啟樂一行人沿着他的方向望過去，只見來回巡邏的無人機群當中，唯獨有一部以奇怪的方式停在某處上空打轉。

「就一台無人機故障而已。」梁志達漫不經心的答道。

「你有見過這兒的東西失靈嗎？」光仔反問。

陳啟樂停下腳步跟光仔一起觀察：「你認為這代表甚麼？」

「對方的寶藏位置。」光仔突然充滿幹勁：「這是對面內鬼在通風報訊，我們可以多撈一大筆！」

梁志達卻嗤之以鼻道：「就算是內鬼好了，一定是對方的內鬼所爲嗎？也許是陷阱也說不定哦！」

陳啟樂默默衡量了一下，對着光仔道：「但去不妨，可是千萬別冒險，稍有不妥，速逃！我們會在第二個寶箱的坐標等你。」

「信不過我的身手嗎？」光仔接過對講機笑道。

他轉身一揮手，轉眼就消失於貨架陣當中。

陳啟樂一行人繼續馬不停蹄地推進，終於到達第二個寶箱的坐標，這一帶並無設置任何貨架，相當空曠，可能是卸貨或處理集運區。陳啟樂他們甫到埗，就被眼前的景物嚇倒了。

兩個昂藏七尺，一身中古騎士盔甲的機械人，一左一右的站在空地中間，他們的頭盔透出陣陣紅光，站姿充滿敵意殺氣騰騰，手持不是傳統佩劍，卻是 M134 式人稱「迷你炮」的格靈機關槍，平均每分鐘 2000 發 7.62X51mm 大口徑子彈，每顆子彈有成年人手指大小，能夠在瞬間將全場的人打成肉片。

右邊的騎士道：「我們身後的台座，一個是寶箱，另一邊是死亡陷阱。我們二人，一人必然誠實，一人必然說謊。我們只會各自回答一條關於台座的問題。你有 90 秒發問，逾時寶物消失。」

※　※　※

光仔獨自一人速度反而更快，他沿自轉無人機方向直奔，不一會就到達一個同樣有兩名騎士機械人的場地。

騎士機械人見到他，頭盔的紅光轉成綠色，手中格靈槍也收起指向地面。其中一名騎士以相當友善的語氣說道：

「嗨！似乎你是另一組的成員呢？回答以下簡單問題即可取得寶藏：你現時的工作是甚麼？」

光仔一時反應不過來，結結巴巴的道：「外、外賣送餐員？」

「答對了！恭喜你！」騎士轉身拿起身後的寶箱，一把遞給光仔，光仔接過，原來只是個寶箱圖案的金屬牌，它代表着另一個5萬魂幣。

※　※　※

陳啟樂這邊的氣氛卻異常地沉重，他發現自己必須在場騎士們才會有反應（無反應時仍然在倒數），就算支開所有隊員，一旦自己死了，整個關卡也就算作失敗，到時所有組員的下場可能也是死。

「梁老師，這個你懂嗎？」陳啟樂急忙問道。

梁志達只是不耐煩的揮手，貌甚苦惱。

眾人望着時間在不斷倒數，25……24……23……梁志達雙眉鎖得更緊。

梁志達正欲孤注一擲胡亂發問，突然「嗶」一聲兩名騎士頭盔的燈光一起轉成綠色。

梁志達的心臟幾乎從口中跳出來了，發生了甚麼事？

原來鄧家怡上前將其中一個騎士的寶物硬生生拿了下來！

兩名騎士同步收起格靈槍，回復立正站姿。

「你怎麼知道正確答案的？」陳啟樂問。

「不知道哦！反正也是死。」鄧家怡淡淡的回答，一手將寶物交給陳啟樂，她隨隨便便的拿全組人性命擲骰子，恰好擲對了。

※　※　※

到底誰是叛徒？

這是杜永權腦中縈繞不去的問題。他把 4 個同行的同伴都送去踩地雷處決掉了，新補上的第 5 人也炸死了，內鬼死了嗎？

大屏幕版面上，「陳啟樂隊」現在有着三個寶箱，「杜永權隊」就只得一個。

見到自己第二個寶藏都被人搶走，明顯地現在內鬼仍然活得好好的。爲甚麼陳啟樂那邊可以抓到內鬼？金額上的損失他承受得起，但是抓不出內鬼卻有致命後果，這將會是他權力的一道明顯裂縫。雖然寶箱已被搶，可是無人機彷彿要嘲笑他似的，仍然按程序領着他的團隊走到兩個騎士的關卡前面。

寶物已被光仔取走，這一區已經再無意義，兩個騎士機械人的頭盔已經沒有燈光，處於休眠狀態。

杜永權突然背脊一寒，只聽到一把尖冷的聲音響起：「杜生，我想看看那些機械人。」

他回頭一望，只見一個身穿黑色運動裝，把連身帽拉過頭的年輕男子。他記得這是第一回合利用黑客技術取勝的曾建德。

杜點頭示意，曾建德一聲怪嘯，手舞足蹈的走到其中一台騎士機械人面前。

「果然有端口惹！」他哼着日本動畫主題曲，掏出一條接駁線，接駁到騎士頭盔後方一個不起眼的接口，另一端跟自己的手機連接起來。

杜永權湊上前，曾建德頭頂的油臭味令他不禁皺眉：「你這接駁需要多久？」

「不多於 10 分鐘吧！」曾建德頭也不抬，忙着打字。

「很好。」杜永權轉過身，面向仍然龐大的團隊說道：「我需要大家逐一上前，報上自己名字以及工作，就這樣而已。」

衆人心想這應該是杜永權查另一個查內鬼的手段，可是卻不知會否錯怪自己，既緊張又要裝得很輕鬆平常，可是大家的身體語言出賣了眞實感受：每人都想盡量跟杜永權保持最大的物理距離。

「嘩哈哈！」曾建德一聲怪笑打破了僵局。

杜永權瞪了他一眼，他卻毫不爲意，突然高聲道：「我是杜永權直系親屬！」

曾建德接駁的騎士突然亮起綠色的燈光，說道：「使用者確認，用戶（巨鳩 NTR69），杜永權先生直系親屬，開放親屬權限。」

曾建德又一聲歡呼，飛快輸了另一組指令，只見騎士頭盔的燈光閃爍不定，終於騎士再說道：「更新用戶（巨鳩 NTR69）權限，開放關卡工作人員 B 級操作許可。」

「白痴！果然他們的保安功夫都很笨。」曾建德突然忘我地跳舞，高唱ディス　ディス　ラヴァ　ベイビー，然後撥弄着某些操作介面。

這次騎士頭盔的燈光再度閃爍不定，身後的寶物台座忽明忽暗，騎士開始噴出一堆不能稱爲語言的聲音，當它手上的格靈機槍也開始在抽搐的時候，大家不期然退後。

半晌，騎士終於穩定下來，說道：「程序回溯完成，重設寶物狀態，請親屬工作人員用戶（巨鳩 NTR69）領取寶物。」

寶箱的金額會按隊伍人數而增加，杜永權這邊的寶箱是 15 萬魂幣。

杜永權望着曾建德過度活躍的樣子既驚且喜，到底這裏還有多少漏洞可以利用？

「你這權限除了弄寶物還有其他功能嗎？」杜永權壓住自己的興奮問道。

曾建德攤了攤手，道：「工作人員權限能做的跟 sodiasm 差不多啦！」

「Sodiasm ？」杜完全聽不懂。

「就是掃地阿嬸囉！搬搬抬抬，看一下保安畫面，沒有啦！」

※　　※　　※

陳啟樂隊順利取得所有寶箱後，引路的無人機帶他們來到另一場空地，中間放了8個貨櫃，可是這些貨櫃比尋常規格體積較小，陳啟樂認得這是新式的無人自動車隊規格，那些電動貨櫃車才一輛小型旅遊巴大小，可是不用吃喝或停下來去廁所，成群出動，效率遠比人類高得多。

無人機丟下一句「請稍候」就離開，回到其他無人機隊當中。

遠處牆身上的大屏幕顯示「杜永權隊」突然多了一個寶箱，兩隊離奇地追成平手，寶箱總數突然變成6個。陳啟樂一行人看得一頭霧緒。

光仔不服抗議：「怎麼系統居然會騙人？」

梁志達對光仔投以責怪眼色道：「也許這就是內鬼的眞正所爲，剛剛我就說過了，有人就是不聽！」

光仔怒道：「你這是說我連累隊友是嗎？那好，寶箱的魂幣你別拿。」

梁志達正想反駁之際，吳卓熙連忙插口：「兩位別再吵了，開始時主持說過，內鬼只能通風報訊和搞破壞，不會有能力改變……」

梁不服打斷吳卓熙：「『破壞』這個字的定義可以很闊，只要能夠對我們這隊人不利，內鬼就會勝出，我敢說今晚留意誰悄悄地去商店買東西，那人就是內鬼！」

大屏幕亮起，老伯伯用力鼓掌，道：「兩隊都非常出色！各出奇謀！以下是一個附加獎勵環節，叫甚麼名字好呢？唔……『狹路相逢勇者勝』！好像又不太對題，算了吧名字不重要。」

「先說一下獎賞，高興一下！最後一個關卡將會殺機重重，跟之前的關卡相比，差天共地。如果這個關卡你們做對了，就可以全身而退，大團圓結局。否則，就會傷亡慘重，甚至無法活着離開喔！所以，決定你們結局的，不是明日的關卡，就在今天。」

屏幕畫面顯示眼前這8個小型貨櫃，動畫展示兩端的門打開，然後雙方各派一人進去，每個人的貨櫃內有一個簡陋的辦工台，桌面只有一黑一白兩個按鈕。

「每隊派出4名代表，各自進入貨櫃內，彼此無法互通消息。」

老伯伯敲敲貨櫃，笑說：「每回合各隊抽出一名代表，系統將隨機決定哪隊可以優先行動。」

鏡頭移向黑白兩個按鈕，老伯伯繼續說明：「每個代表有兩個選擇，黑色代表殺死對方，白色則容許對方生存。」

「有趣的地方來了，如果雙方都按白色，兩隊都可以得到4分。只有一方按白色，則按黑鈕活着那方可以得到2分。如果雙方都按黑色呢？對了，0分。一如既往，兩隊的隊長只能指揮，不能參與。」

老伯伯捋着鬍子呵呵大笑，端起茶杯喝了一口，繼續說道：「按鈕是非實時，完全匿名的，你不會知道自己是先是後，不知跟對面哪位配對，也不會知道對方按了甚麼。你一定心想全部都按黑色就是最好的選擇吧？最壞也不過是同歸於盡而已。年輕人，錯得很！呵呵！看一下你就明白了。」

屏幕切換成一幅中世紀的油畫，油畫標題寫有「32點」，意思卽所有人都選白色按鈕，油畫中是一群村民打扮的人，被地獄惡魔所包圍，然而有6名持盾的天使保護他們，另外有6名持劍的天使在前方開路。從油畫中人的表情姿勢來看，全員應可無事。

畫面一轉，這次是「16點」，換言之某些人按了黑色，分數只有原來一半。畫面顯示只可以選6名持盾天使，或6位劍天使，但無論怎樣選，都會有相當數量的村民被抓走。

最後一個畫面，標題寫有「8點」，這次按白色的人更少，畫面上大部份村民都已被抓走，只餘下數人，守護天使只剩下劍盾各一，進退維谷，滅團在卽。

「怎麼樣？很容易吧！兩位隊長加油了！」老伯伯微笑揮手，屏幕換成渡船伕圖案。

陳啟樂走到杜永權跟前，微笑道：「我想杜先生應該會作出最理智的決定吧！我承諾這邊會完全選擇白色。」

杜永權整理一下領帶，同樣回報以微笑：「對，最理智的選擇。」他伸出右手，陳啟樂熱情地握過，然後各自回到隊友中商討。

詩小姐迎上前喜上眉梢：「眞令人感動呢！兩派大和解！我最喜歡這樣了。」

張彪瞪了她一眼不想理她，只是起勁的把弄着口中的牙簽，他已兩天沒有碰過煙，只要有甚麼能噴煙的東西也好，炸藥也願意試。

曾建德喃喃念着歌詞，突然插嘴道：「在完美的世界大家都會按白色，哈哈，可是這個世界是不完美的，如果甚麼都完美，就不會有任何創造了。」

他突然抽搐跳了幾下舞步，怪笑道：「杜生請放心讓我去，我是不會死的，而且保證滿分！」

杜永權微笑望了他一眼，如果他的能力可以複製四次，自然天下太平沒有煩惱了。不，還要確保能控制對面選甚麼才行。

一向低調的何麗娟也附和：「就算他想爲大家好，下面的人會同意嗎？他當中的內鬼肯定會按黑色吧！」

詩小姐反駁：「就算有內鬼，其餘三人都會是白色對嗎？我喜歡 6 個盾天使守護大家。」

杜永權只是默默望着望着渡船伕圖案，似乎另自有盤算。

※　　※　　※

倉櫃另一端的氣氛亦非常凝重，張曼霖、光仔、謝愛媛、阿成、吳卓熙、鄧家怡等人都在沉默。陳啟樂望着他們的反應，既是愧疚，亦感無力。

他們很清楚這邊總有人要死，對方必然有人會按黑鈕，甚至全部都按黑鈕，可是沒有人打算逆他的意講出這些想法。

趙爺爺輕咳一聲：「兌現不了的承諾就別亂說嘛年輕人！就算我們人人按白色，內鬼未必這樣做，你該慶幸大家困在這兒，杜永權的律師不在場。」

阿成笑着問：「有律師又怎樣？現在會死哦！」

趙爺爺揚手截住他：「跟杜永權打官司，你會寧願快點死掉一了百了。」眾人聽罷哭笑不得。

陳啟樂望了張曼霖一眼，她眼神彷彿寫着「負責」兩個字。

我也想負責，可是系統不讓我死！陳啟樂心中在怒吼。

「我去。」鄧家怡很從容，她不理會其他人的反應，逕自走到貨櫃前。

光仔立即緊隨：「我也去。」

鄧家怡還是呆盯着前方，淡淡說道：「我會死的。」

「我馬上趕到天堂找你。我當速遞的，沒甚麼地址找不到。」光仔說得理所當然一樣。鄧家怡轉過身望向他，說道：「可是精神病的天堂跟你們的好像不一樣。」

「那更簡單，我本來就有點瘋。」光仔笑了：「如果我先死呢？」

鄧家怡終於回頭望着他：「到我上天堂找你。我會把天堂弄得瘋掉，這樣就可以找到你了。」然後她緊緊摟着光仔一吻，姿勢和角度也很彆扭，但也許沒下一次了。

謝愛媛輕拭眼角，可是阿成搶先一步：「Sewa，請大家給我一個機會奉獻。」

他上前走到鄧和光仔身後，有點不好意思打擾他們最後的纏綿。

「還有我。」說話的居然是吳卓熙，衆人大感意外。阿成回過頭勸阻：「你還年輕，別這麼快丟掉性命。」

「你會經爲嚴同學祈禱，我要報恩。」吳卓熙的眼神很堅決：「再說，我才不認爲自己會死，因爲……因爲……其實我就是……」他低頭握緊了雙拳，呼吸變得沉重起來，情緒開始激動。

阿成馬上感到不妙，伸手捂住吳卓熙的嘴，連忙道：「就是得到神的看顧，我明白了。你甚麼也別說。」

吳卓熙眼眶通紅，激動的點頭。

杜永權那邊很快也站出四個人：張彪、詩小姐、何麗娟以及曾建德。

陳啟樂打量這四人，至少張彪會按黑鈕的人。詩小姐多數會跟隨杜永權的指示行事，她很可能是白色。至於另外兩人，陳啟樂完全看不透。事實上他打從開始就處於一個資訊不對等的博奕當中，對方有甚麼牌他幾乎掌握不到。

提示音響起，8人走進了貨櫃當中，門隨即鎖上。

「請兩隊全體返回東翼大堂等候。」兩台無人機分別引導衆人離開。

爲甚麼要離開？陳啟樂完全搞不明白，他見到杜永權臉上同樣有一閃即逝的疑惑，可是他整理一下領帶，很快又回復運籌帷握的樣子。

衆人回到大堂，大屏幕上並沒有貨櫃內的即時情況直播，只是老伯伯和善又滿肚密圈的臉，他向衆人揮手打招呼：

「這麼快又完成一天挑戰啦！呵呵，今天的遊戲結束了，內鬼也放工了啦！似乎沒有人抓到內鬼呢！不阻大家休息了，剛才的測試環節我公告一下分數就好……」

老伯伯戴上老花眼鏡，然後掏出一張紙，費勁地閱讀上面的字：「杜永權隊10分，陳啟樂隊6分。生還者正回來，記得煮好晚飯囉！拜拜！」

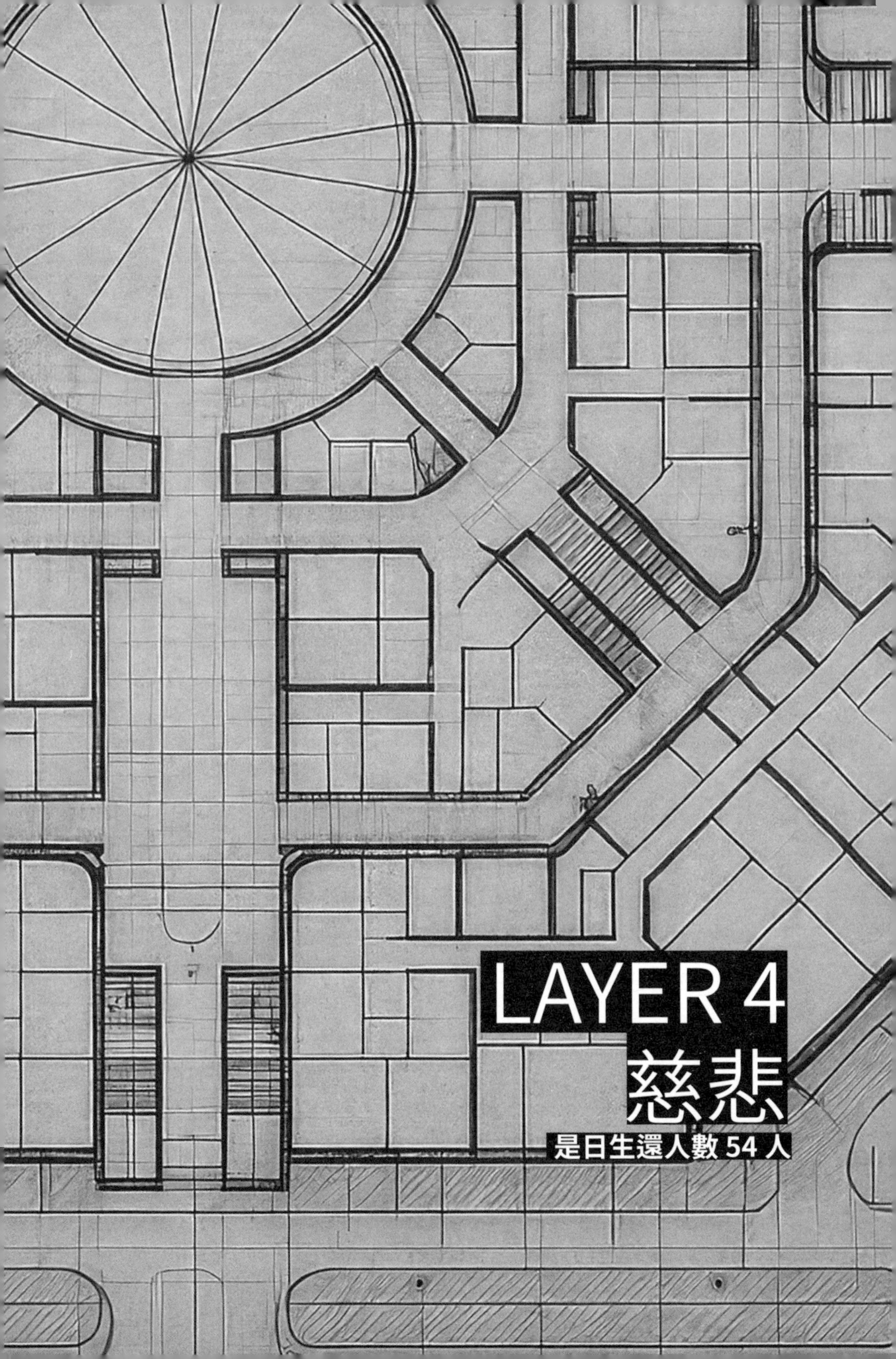

LAYER 4
慈悲

是日生還人數 54 人

晚上，4 樓潮流家品店，謝愛媛正準備晚飯。梁志達找了兩個人當助手，躲到自己的工作室忙着。張曼霖反常的沒有待在急救站，她跟陳啟樂一起等着隊友回來。

6 分，意味可能有一半隊員回不了來，只是不知道是誰。

陳啟樂隱隱聽到美樂廣場那邊傳出陣陣音樂，張彪應該仍活着，他手上沾了血。

是不是應該殺了他爲隊友報仇？

陳啟樂驚訝自己居然會這樣想，因爲不知明日是生是死，正常的邏輯正快速崩解，假如在外面，他不是應該去警察局報案的嗎？現在只想到親手制裁對方。

「霖，你不用上去當值嗎？」陳啟樂心不在焉的問道。

「這個關卡沒有傷者，托賴那些神仙水，之前二氧化碳中毒的人大抵都康復了。」張曼霖放下手中的剪刀和針線，繼續道：「梁志達替我找到這個，勉強可以用來縫傷口。」

她指的大概是鄧家怡那胡亂包紮的右手。

陳啟樂想起了光仔和鄧家怡最後表白的畫面，情濃而俐落。自己呢？如果不上前線甚至不當消防員，張曼霖就會放心跟他交往是嗎？他回想自己跟霖的甜蜜片段，似乎並沒有，他用力再想，幾乎每次想起的都是車廂中的冷戰。

「霖，我有在想，也許可以跟上頭討論一下其他崗位。」他既感到失落，同時又好像放下了一塊心頭大石。

「你每次都這樣說，眞的調職才跟我說吧。」張曼霖冷冷的道，然後徐徐的離去。

「你去哪？」

「去急救站當值！」

「當甚麼值？你剛剛才說過沒有人需要應診。」

「你聽錯了，上面有人不舒服在等我啦。」張曼霖頭也不回的走了。

每次？明明自己才第一次這樣說的啊？張曼霖的反應會不會太過奇怪了，甚至連稍微高興的表示也沒有。

是自己腦袋出了問題，還是這個商場的問題？陳啟樂由心底的疲累湧上來，不禁倚牆嘆氣。

謝愛媛捧着餐盤慢慢走過來，打量着陳啟樂說道：「先進來吃點東西吧。」

陳啟樂搖搖頭，半自言自語道：「做甚麼也錯。」

「你已做得很好了。好人經常對自己太嚴苛，對其他人太寬容。」謝愛媛安慰他道：「可是我就欣賞你這一點。」

陳啟樂報以一個疲憊的笑容：「謝謝你欣賞。」然後接過謝愛媛的分子料理餐盤。

「隊長，你要加油啊！」謝愛媛笑着轉身欲回。

遠處無人機「嗡嗡」聲的領着生還者歸隊了，陳啟樂見到前方的身影，突然緊張起來：「那邊是誰？」

人數不對，甚麼都不對。

※　※　※

杜永權站在名店的上層觀察四方，這兒勝在只需很少的改裝就能變得十分舒適。

對比起日常繁瑣的企業角力，困在這個商場驚心動魄的不斷闖關，對他來說無異是一種渡假。輸了會死，可是他有確信必不會輸。

在外面的世界，輸了是生不如死。

他抽着雪茄，也不太在意味道的好壞，反正是手下免費搜刮得來的東西就好。他從盒子中又抽出一枝，轉身遞給阿成問道：「你眞的不要嗎？古巴貨 Partagas，不是最好，但在外面也很難得了。」

阿成坐在一張極名貴的梳化上，有點拘謹的微笑搖頭：「我們錫克教徒不可以吸煙或者飲酒。」

杜永權望了旁邊的吳卓熙一眼：「你太年輕，再等幾年吧。」

杜永權拉過一張椅子，好奇地打量着阿成：「你們印巴人很多當中醫的嗎？」

「其實不多，通常都是學推拿針灸，像我這樣學醫的好像只得我一個。」

「那麼你的同鄉會否看中醫？」

阿成苦笑：「偶爾一點推拿針灸也會的，可是中醫嘛……南亞人普遍不認識中國醫藥學，對中醫也沒有信心，只有又窮又走投無路的才會碰碰運氣。至於本地人嗎？他們一見到我就說『咖哩中藥』敬而遠之，其實有些情況加入黃薑粉這類香料，眞的會有點特殊療效！可是要大衆接受我這個醫生或者咖哩中藥，還需要點時間。」

杜永權聽到「咖哩中藥」不禁笑了起來，然後若有所思的點頭。

阿成勾起他身爲商人的觸覺，表面他只是很閑適的抽着雪茄，腦袋卻在構思在南亞甚至中東開拓中藥業的可能性。

這時杜的手下端了兩個美食廣場的餐盤過來，是很平常的乾燒伊麵和意大利粉，分別放在阿成和吳卓熙面前。二人望得口水直流。

「吃吧！在外面是粗貨，在這兒是九大簋。」杜笑道。

阿成和吳卓熙再也不客氣，抓起餐具就大快朵頤。

杜永權打量狼吞虎嚥的二人，吐了一口煙。他站起來踱步自語道：「系統居然會指示你們過來我這邊，真有趣。我那邊的人有誰活着？」

二人搖頭表示不知道。

「那也好，讓我猜猜看……陳啟樂有6分，詩小姐多數按白色，那麼她跟你們其中一人都按了白鈕，這是4分。那位宅男，他……他有點特殊，他總會找到方法活着，他按甚麼我可猜不透，他也有4分。」

杜永權吐了一口煙，繼續道：「還有2分，這代表我這邊有人按黑鈕並活下來了。你們只有兩人回來，以分數去計算，這表示一人被殺，另一人跟我這邊同歸於盡大家都沒有分。張彪那廝殺性太強，按黑鈕的可能性不低。至於那位何太，我就不清楚她是按白鈕被殺，還是按黑鈕同歸於盡。」

吳卓熙突然放下餐具，貌甚激動，他終於鼓起勇氣說道：「既然張彪殺心太強，爲甚麼杜先生還要派他出陣？」

雖然乍聽好像是個尋常疑問，對於吳卓熙這年紀的少年來說，這是以下犯上最嚴厲的斥責了。

杜永權搖搖手，彷彿聽到笨問題一樣：「張彪是個好勝心極強的人。他心中覺得自己是名大將，如果我不用他，他會覺得很沒面子，然後作反。」

他又是吐了一口煙，不無慨嘆的說道：「你們以爲高層很有權勢，可以呼風喚雨是嗎？其實我也被很多東西牽着鼻子走。」

吳卓熙終於忍不住爆發怒喝：「可是他殺了人！你們害死了很多人！我同學就是失救死了！」

兩名大漢探頭上來看個究竟，杜搖手示意不必介入。

杜永權微笑直視吳卓熙，絲毫沒有半點惱怒，甚至覺得很有趣：「那位少年是你的同學嘛？我有印象見過他，節哀順變。這種環境下，生死往往只是運氣的差別。」

「至於殺人……你們也有殺人吧？6分，是你按了黑鈕，還是你身旁的中醫朋友？同歸於盡那位按的是甚麼顏色？」

※　※　※

謝愛媛把三個基本糧食包丟在地下，然後關上門離去。

這是4樓一家中價琴行，除了少量樂器外，僅餘的空間劃成很多小單位作授課之用，能用躺下來休息的空息不多，張彪、詩小姐和曾建德三人擠在一起，除了曾建德好像很興奮之外，其餘二人都渾身不自在，龍游淺水，即使張彪也失去了一貫的霸悍之氣，有如喪家之犬，默不作聲的拾起糧食包。

由於他們是被系統指派到來，陳啟樂一行人也不敢太過留難，可是也不會很熱情招待就是。那位矮胖的女生追問了很多東西：有誰活着、誰按了甚麼按鈕……可是詩小姐三人除了自己按甚麼顏色以外，所知的實在不多，就連死者的貨櫃去了哪兒也不知道。對方再三追問不得要領，草草拿出糧食包就隨意安排他們在這兒休息。

夜深，詩小姐受不了張彪的鼾聲，自個兒走了出來，她挑了一張長椅躺下，希望可以快快入睡。入夜後商場的中央空調似乎眞的會變得更寒冷，她的小風褸勉強罩住露出的背部，可是短裙下雙腿冷得早已發麻，根本無法入睡。

她掏出手機，翻看這幾天攝錄的片段，幸好都完整。這些片段只要請剪接師幫忙，肯定可以刷出爆發式流量，而且主流媒體肯定會約訪。至於杜先生……她不貪心，在市郊要一所獨立房子安頓就可以。她檢查一下自己手袋內常備的避孕套，如果能夠保存一點杜先生的體液作證據，那麼房子這件事就穩妥了。

一旦離開這兒，她只是個樣子有點順眼的女網紅，杜永權根本不會看她一眼。但是在這兒杜先生是個南征北討的君王，她就是君王身邊的妃子。如果不是被調到這兒，本來今晚就可以將杜先生正法，詩小姐愈想愈氣。

突然她聽到商場遠處有人在走動，雖然商場晚上仍保留一些基本燈光，可是關掉主照明燈光後，偌大的商場空間馬上變得暗影處處，既空洞又陰森，即使有人半夜上個廁所，腳步聲也會在商場深處迴蕩。

詩小姐不信鬼，但她怕鬼。商場遠處漆黑的身影並不是上廁所，它好像在找一些東西。詩小姐小心翼翼的盡量不作任何聲響，連鞋子也來不及穿了，赤着腳靜悄悄的躲在走火通道的暗角處。

那黑影突然哼起一些奇怪的動漫歌曲，詩小姐知道那是曾建德，可是她也沒有意思走出來被他發現。

「找到你了！我一看到那雙高跟涼鞋就知道你在附近。」曾建德興奮的時候會刻意拉尖的聲線，到底他有試過像正常男人一樣壓沉聲線說話嗎？詩小姐不太想知道。

「詩詩。我想這樣叫你，這兒對你來說應該很恐怖了。又二氧化碳，又地雷又貨櫃的，我真的很難想像女孩子可以在這種環境活這麼久。」曾建德好像在跟自己說話，又好像不是，詩小姐想離開，可是曾建德擋住了出口。

「你不回去睡嗎？」詩小姐隱隱知道事情的走向，說話也開始顫抖。

「我已掌握了整個系統的運作規則，想甚麼時候睡也行。」他開始靠近詩小姐坐下，雙眼來回打量她的身體。

「是喔。」詩小姐勉強回答。

突然曾建德的手搭在詩小姐大腿上，他尖聲道：「杜永權很快就會失勢，我會把他扳下來，你來跟我吧！」

詩小姐本能撥開他的手，這反倒刺激他拋開一切「紳士」偽裝，直入正題。

「別尖叫，靜靜的，知道嗎？」曾建德目露凶光，一手按住詩小姐，另一隻手在解開自己褲頭。

「要是你尖叫，我會控制無人機來殺掉你，你一定逃不掉！」他似乎單手拉不開褲鏈，只好改為雙手。詩小姐胸前一鬆，可是她全身好像石化了似的無法動彈，只能別過臉閉起眼。

「乖乖就對了，我會好好對你的。」

曾建德雙手使勁拉起詩小姐的短裙，然後迅速扯下她的內褲。他把鼻子湊到內褲前深深聞了聞，很滿意的說道：「很濃烈啊！這就是傳說中淫水的味道嗎？」

「放心，詩詩不會痛的。」一陣惡臭傳來，曾建德終於脫下褲子，三天沒有清潔的下體臭味撲臉而來，也許這三天之前他已經很久沒有清潔過下體了。

曾建德強行撐開了詩小姐雙腿，然後右手掏着自己的陽物，有點急不擇路地嘗試塞進去，他一邊喃喃自語：「不痛的，不痛的……」

「那麼從這兒直墜地面痛不痛？」張彪不知何時已站在曾建德身後，他隨便一扯就將曾建德從詩小姐身上拉開。

曾建德大怒道：「弱智！你知道你得罪了甚麼人嗎？」

「我是弱智的又怎會知道？」張彪雙手一抄，曾建德被人整個提起，他手腳慌張的亂舞，驚惶道：「喂！放我下來！我有十次免死金牌！不，十五次！我有杜生家屬帳號權限，這兒所有東西都不能傷害到我！」

「哦！原來你是內鬼！」張彪終於不必受到杜永權猜忌的眼光了。

「我不是！是那位大媽！我手機有保安鏡頭紀錄！放我下來！」曾建德抗議道。

「是時候來個系統公測。」張彪雙臂運勁，曾建德整個人就像斷線人偶一樣由4樓直墜地面，「嘭」一聲着地後，他就再無動靜。

「系統正常，他正常的死了。」張彪望着曾建德不動的身影說道。

張彪刻意不望詩小姐的方向，問道：「嫂子有沒有受傷？」

詩小姐驚魂未定，只能吐出短短一句：「我沒事。」

「你先回去睡。我在這兒防止他復活。」張彪這話可不完全是黑色幽默，他真心有擔心過曾建德可能突然獰笑活過來，直至見到自動作作車前來收屍才放心。

陳啟樂那邊有人被巨響驚醒，衝出來觀望，張彪大喝：「望甚麼？快回去睡覺！」

詩小姐匆匆穿回衣服，頭也不回的急步回到琴行。她走進一間裝了隔音綿的課室，確認關好門後，安置好手機啟動自拍模式，踡在牆角。雖然這兒沒有網絡，可是這段經歷不能放過，必須要錄起來。

她已經想像到粉絲們會排山倒海的留言支持。

「我剛才差點被人強姦。」她對着鏡頭哭道。

※　※　※

大清早，十多輛自動高爾夫球車隊浩浩蕩蕩的在商場要道中穿梭，即使是國際明星來訪，也未必有這種待遇。

陳啟樂獨自坐在其中一輛車中，剛剛又跟張曼霖吵架，心情甚壞。

明明已經有足夠魂幣支付附近的洗手間了，爲何她仍要獨自去遠處如廁？

也許她從來不是上廁所，是爲了別的事情。被問到的時候總是支吾含混過去，今天突然在裝親熱，極度反常。

張曼霖撒謊的本事一向很糟，稍爲有半點秘密就會很明顯，到底她有甚麼事情在瞞着自己？

高球車的自動駕駛介面傳出提示音，合成電子聲說道：「請隊長選擇關卡進行模式。『模式一』全體成員平均承受一定痛楚。『模式二』則由隊長指定若干成員集中承受大量痛楚，可能致命。」

到底建這個地方的人要多變態，才會想到一個又一個的折磨遊戲？

爲甚麼不直接把他們打個血肉模糊然後殺掉就好了？直接得多。

「隊長陳啟樂請選擇，逾時作全隊退出遊戲論。」

「模式一。」大概杜永權會選另一邊吧？

高爾夫球車駛了好久，兩邊是延綿不盡的商店，陳啟樂知道大部份只是陳列裝樣子的，可是一堆假貨中，只要找得久總會有點東西可用。

等到他再醒來時，車內的介面屏幕已經換成一個小女孩，跟趙可晴年紀相若：「早安！我們快到目的地了！」

陳啟樂一看，是個中型演唱會體育館格局的場地，中間擺放着十張高級按摩椅，另外還有一台儀器，陳啟樂知道那是急救用的心臟除顫器，旁邊有着一個橙色大箱，上面有着代表急救用的十字圖案。這些器材放在這麼大而空曠的地方，反而顯得格外渺小。

他聽到後面張曼霖「嘩」一聲，大概可以肯定這兒的設施相當齊全。

陳列室同樣有着巨型屏幕，啟動後就是小女孩的臉，她好像小學一年生般一字一字地唸着指示：「今天關卡可能會痛，老師放了急救設備。」

眾人望着體育館中間的高級按摩座椅，不禁心底發毛。小女孩望着屏幕外的提示板，繼續朗讀道：「模式一每人坐上椅子，接受……」她似乎不懂讀，想了一下才繼續：「接受電擊每次 4 分，100 分滿分！急救醫生不用坐。」

她正想離去時被鏡頭外的人叫住了，然後小女孩繼續宣告：「3 次通電可能會死，傍晚 6 時前未完成全隊處死。處……處決隊友每人 10 分，人質每人 50 分。如何處置人質會影響最後一關。」

眾人隱若聽到鏡頭外的人問：「由誰決定呀？」

女孩笑答：「隊長決定！」然後她開心的跑開了。

張彪和詩小姐互望了一眼，心裏極之徬徨：只要陳啟樂一聲令下，他們兩個就會被電至死爲止，好讓陳啟樂輕鬆過關。而且陳啟樂一行人又有很充份的理由去處死他們。這時他們頭頂有一群無人機飛過來，這些無人機閃着紅燈，機腹有着槍管，意思很明顯：逃走就會射殺。

可是陳啟樂隊當中，有一人同樣徬徨：趙爺爺無奈地撫摸着孫女的頭髮，他總不可能把孫女放去接受電刑。可是自己能夠撐得住帶孫女逃出生天嗎？

陳啟樂和張曼霖對望了一眼，這代表每人要接受2次電擊，然後有些人要承受可能致死的第3次，又或者直接處決眼前這兩名人質。

※　※　※

杜永權那邊有三十多人，計分方法和椅子安排自然也有分別。這一邊，每次電擊只有1分，處決隊友和人質則同樣是10分和50分。

杜永權打量着屏幕上的計分方法，默默盤算，轉身輕拍一下心臟除顫器，搖頭笑道：「我想同組中，最有資格當急救員的人大概是我吧？說來慚愧，我的急救員訓練已經是四十多年前的事了。身為生命科技企業的管理層，技能居然這麼生疏，笑死人。」

他望着眼前三十多位隊員，然後又看了一眼阿成和吳卓熙，輕咳了一聲，說道：「大家已經很清楚，這是一個有傷亡的環節。我身為領導者責任只有一個——以最低代價去達成目標，也就是盡量令最多人活着。」

「你們可以每人平均接受電擊，大約每人3次，這樣就可以人人平安，很完美是不是？」杜永權打量着眼前的特製電刑按摩椅，繼續道：「可是你們明天就會帶着重傷迎戰最後一個回合，那可能是難度最高的關卡。又或者……」

他走到阿成和吳卓熙面前：「你們可以決定處決這兩位年輕人，其中一位是按了白鈕，救了你們隊友一命的。」

「處決我吧！放過吳同學！」阿成急忙高聲喊道。

杜永權若有所思的打量着阿成，半晌他轉身向衆隊員說道：「有誰反對？」無人作聲，就只有衆人頭頂的無人機群「嗡嗡」作響。

阿成一臉平靜，神色堅決。杜永權由衷欣賞此人，他望着阿成道：「年輕人，我尊重你的意願。」

這時有人大喊「炒咖哩」、「油炸印度蕉」等侮辱字句，不少年輕一輩覺得好玩，也跟着起哄。

「把那學生也一併殺了！」有人喊道。

杜永權舉手示意安靜。

「我先要選 10 個人幫忙。最初加入我的人，請過來這邊。」隊員中最精壯的人先站了過去。

「你們每人再選一名助手。」很快再有 10 個人站過來，餘下十數人。

「餘下的人請分成兩隊。」杜永權望着隊友們有點不安的平均分成兩組，繼續道：「很好，如果有一個錢幣事情會方便一點。現在只好隨意點了，右邊那隊你們也過來。」

他繼續說道：「餘下的人就是今天處決的對像。」

被指定作處決目標的人馬上抗議，當中有三數人是何麗娟的好姊妹大媽，可是他們已經淪爲少數，杜永權一聲令下，這些人已被制伏綁在電椅上，呼天搶地求杜永權饒命。

「我不會決處吳同學，他們有人按白鈕放過我們的隊員，我們也得饒他們一人，這才算公道。」

杜永權走到吳卓熙面前，吳早已嚇得淚流滿面不懂反應。

「細心記着每一個被處決的面孔，今天他們死，所以你活。」杜永權不帶感情的說道。

※　※　※

陳啟樂望着這些電刑按摩椅，他跟張曼霖打了一個眼色，然後坐在其中一張上面，說道：「我先測試一下。」

他看了一下操作儀板，似乎可以調節電流大小，由最小的「痛楚」表情，去到最大的「骷髏頭」，另外可以有需要時截斷電流，顯示介面上有一條進度尺標，標示何時才算得到分數。

張曼霖爲他調節好索帶固定身體，她望着陳啟樂問：「你準備好了嗎？」陳點頭。

張曼霖把電流扭到中間的位置，陳啟樂五官馬上痛得扭曲成一團，他連慘叫的能力也沒有，全身就好像被看不見的繩索勒緊了一樣，不知何時會斷氣窒息。

眾人望着進度穩定地增長，終於出現「+4」字樣。張曼霖關掉了電流，大家都鬆了一口氣。

謝愛媛和張曼霖一起把陳啟樂解下來，躺在軟舖上休息，陳啟樂仍然是一臉痛楚。

「你沒事嗎？」謝愛媛連忙上前問道，貌甚焦慮。

「可以挨得過的，但是需要有助手隨身觀察。」陳啟樂說道。

眾人決定以二人一組迎戰這個關卡，張曼霖和謝愛媛從旁負責監察組員的狀況，以及在事後進行基本治療。

趙爺爺抱着孫女在遠方閒逛，他不想趙可晴見到大家痛苦萬狀的樣子。至於自己……他想留至最後一刻才接受電擊，多陪孫女一點。

張彪和詩小姐坐在騰出來的按摩椅上，默默看着陳啟樂的隊員一個接一個的被電椅折磨，身體被電至扭曲、不自控地抽搐、失控地嘔吐甚至陷入昏迷。

張彪焦躁地前後搖晃着身體，終於忍不住大喊：「喂！你們這些無膽匪類！不敢處決我們嗎？」

詩小姐驚訝地瞪着張彪，難以理解他的自毀心態，更擔心自己會被牽連。

陳啟樂那邊沒有人理會他，仍然繼續痛苦地以最緩慢的方式跑分數。

「喂！僞善的混蛋！你們要害死自己人去搶道德高地嗎？」張彪又再次叫囂，他開始頓地搥胸怪叫，希望引人注意。

終於陳啟樂掙扎着從臥舖中站了起來，走到張彪跟前。

「你這麼想爲我們死嗎？」

張彪回瞪着他：「我只是看不過眼你這種僞善小人，假裝很有道德，害死自己人！」

「哦，你只是看我不爽而已。」陳啟樂聳聳肩，不屑的說道：「我的原則是救人，不可令人受到不必要的死傷。如果受電刑能避免令你們兩個丟命，我們會選擇電刑。你喜歡與否我沒興趣知道。」

「弱爆了！你的弱者心態令我作嘔！」張彪怒道。

陳啟樂跟張彪的目光相接，正色道：「有原則就是弱者嗎？你那種完全自私的人生，就只是猩猩餓了搶香蕉而已，可是猩猩也試過拯救人類小童喔！你根本不懂強的眞正意義是甚麼。」

陳啟樂轉身返回臥舖：「我不指望你懂，你就一直活在被弱者饒命的陰影下吧！」

張彪只是「哼」一聲不再答話，倒是他身旁的詩小姐暗暗鬆了一口氣。

※　※　※

空氣中又是彌漫着一陣烤肉和大小便的味道，在強勁電流下，好些成員的身體被烤焦、失禁。杜永權暗暗皺眉，抑壓着反胃的衝動。

他望着屏幕上的總得分表，比預本的 100 分多出了些許，有些成員是白白被處決了，可是在那種情況下必須快刀斬亂麻，不容半點猶豫的空間，否則群衆的意志就會渙散，死的就是他。

「把他們解下來，交給自動車處理！」杜永權向手下發出指示。

他走到阿成的位置前面，阿成低頭閉起雙眼，好像入睡了一樣，但他生前經歷極度痛苦的電擊，他無聲尖叫的樣子，吳卓熙餘生都會記得。

吳卓熙跪下握着阿成早已僵硬的手，只是靜靜的在低泣。

「吳同學，說實在的我也不想處決他，他是個很優秀的年輕人。」杜永權輕拍吳卓熙的背，然後動手把阿成從電椅上解下來，將他平躺在地。

阿成的臉很安詳，跟生前相反，他承受了太多的電擊，好大綹鬍子也被烤成粉末。

「阿成，我想爲你作一段禱告，希望你不會介意。」吳卓熙這次沒有哭。

他學着之前阿成禱告的儀式，額首輕觸地面再徐徐站立：「Waheguru，我祈求神明指引成安格先生，帶他平安到天堂，成先生……阿成……他是個善良的人……」吳卓熙的聲線崩潰了，費了好大的勁才止住嗚咽吐出最後一句：「天堂有他在，會變得更加美好。」

收拾屍體的自動作件車緩緩駛至，吳卓熙目送阿成被收到車廂內然後駛走，不帶一點痕跡。

吳卓熙終於放聲嚎哭，他第一次遇到眞正關心自己的朋友，也是第一次爲亡友禱告。

※　※　※

張曼霖打開預設的專門急救箱，果然有處理燒傷的抗菌軟膏以及凡士林。她小心翼翼地將陳啟樂扶作側臥姿勢，拉開他的上衣敷藥。

總分數停在92分，還有一人仍未承受電擊。

陳啟樂喃喃唸着要多來一次電擊，張曼霖把傷口敷好，冷冷的止住了他：「再上去那鬼東西，你的橫紋肌會溶解，然後你會腎衰竭而死，我在這兒可沒有任何方法救你。」

眾人承受過電擊之後都已臥在舖墊上迷迷糊糊的休息，梁志達冒險接受第三次電擊，更需要使用除顫機作心肺復蘇，險象橫生。

事實上她心中有想過自己坐上去，完成最後兩次電擊，不知系統會否容許急救員也上陣？

「就只餘下我了嗎？」趙爺爺緩步上前，輕輕的放下孫女。

「張小姐，換我上去可以嗎？」詩小姐在一旁實在看不下去，走上前問道。

可是無論是張曼霖還是詩小姐，通電椅也無法啟動，詩小姐上去時，唯一只有骷髏頭標誌的按鈕亮起，似乎系統只有處決她一個選項。

「詩小姐，小女孩拜托你暫時照顧一下，請帶她到遠一點的地方。」張曼霖說道，一邊扣好索帶固定趙爺爺。

趙可晴被抱走的一刻，直覺知道事情不妙了，開始抗拒詩小姐，哭鬧着不願離開趙爺爺。她的哭鬧聲卻突然中斷了，張彪有如惡鬼的臉直瞪着她，嚇得她不敢吭聲。

詩小姐見狀連忙抱走晴晴，讓張曼霖可以完成過程。

趙爺爺出乎意料之外的硬朗，半聲不吭的完成了第一次通電，可是他已經滿頭冷汗，呼吸紊亂，即使沒有醫療訓練也看得出情況不妙。

張曼霖爲他抹汗送水，說道：「趙爺爺，不如我們暫停一下。主持沒有限時，可以休息多久也行。」

「快點繼續吧。」趙爺爺堅持。

張曼霖不禁焦慮起來，趙爺爺明顯不適宜承受第二次電擊，她盡量保持專業平穩的語氣說：「趙爺爺，你的身體需要休息，連續電擊可能會有危險的！」

趙爺爺只是小口小口的喘氣，眼神渙散的回應：「我應該……撐不到……休息了，還有4分，張小姐……開始吧。」

「趙爺爺，我是醫生，我不可以……」

「求……你了，我死事小，大家……命事大。」趙爺爺的眼神盡是懇求。

趙爺爺極力忍耐，仍是一聲不吭，可是最後仍有少許慘叫聲傳到趙可晴耳中。晴晴馬上鬧着要見趙爺爺，哭得極爲淒涼，詩小姐心軟，只好把她抱回去。

趙爺看躺在臥鋪上，他閉着眼，良久才吐出一句：「4分了嗎？」

「成功了，趙爺爺快休息。」張曼霖忍住了淚水。

「爺爺！」晴晴掙脫了詩小姐，一雙短腿噠噠噠的跑到趙爺爺跟前。趙爺爺一聽到孫女的聲音，身體湧現不知哪裏來的力氣，他睜開了雙眼望着寶貝孫女。

「這兒好可怕呀！我想回家！我要媽媽！」晴晴緊緊摟着爺爺嚎哭。趙爺爺輕輕伸出一隻手，撫摸着晴晴的頭，他乾咳了好幾聲才能說話：「晴晴乖，明天就可以回家啦！」

晴晴因為哭得太凶，雖然情緒已略見平伏，可是仍然不由自主地抽噎着，爺孫這樣躺了好一回，晴晴終於開口道：「爺爺，我想回去睡覺。」

趙爺爺已是出氣多，進氣少，他仍然努力把說話裝得四平八穩：「爺爺有點不舒服，等一下姐姐和哥哥會帶你回去，好嗎？」

詩小姐這時上前再抱起晴晴：「爺爺要休息一下，哥哥姐姐會一起陪着晴晴好嗎？」

「不要！晴晴要跟爺爺一起！」

「爺爺要自己休息嘛，爺爺去便便的時候晴晴又一起囉？」詩小姐溫柔地望着晴晴說道：「爺爺味味味有臭便便時，晴晴又留在廁所一起聞臭便便囉？」

果然屎尿屁是逗小朋友笑的萬用法寶，晴晴破涕爲笑，心情略見好轉。詩小姐耐心地抱着她，不時輕拍背部安撫，可晴的呼吸慢慢變得平穩順暢，趙爺爺和詩小姐都鬆了一口氣。

趙爺爺望着孫女糊模的身影，有氣無力的說道：「晴晴乖！要聽哥哥姐姐的話喔！明晚你就可以回家見爸爸媽媽了。」

晴晴年幼的腦袋感到有不妥，卻未能準確的表達出來，她有點警覺的問：「爺爺呢？」

趙爺爺以咳掩飾自己的嗚咽，緩緩道：「爺爺現在要先休息一下，明天要去看醫生。所以晴晴就要聽哥哥姐姐的話，知道嗎？」

晴晴這是輕輕的哭扭作抗議。

詩小姐連忙接口：「對呀，爺爺明天要先去看醫生。你見到張醫生嗎？這兒她沒有醫院那些很大很大的藥櫃，出去之後她會馬上趕去醫院，爲爺爺配藥。」

詩小姐爲了增強說服力，大聲呼喚在遠處治療傷者的張曼霖：「張醫生你說是嗎？明天出去之後馬上帶爺爺到醫院配藥喔？」

張曼霖連忙趕過來，用力點頭道：「正確，張醫生會幫趙爺爺配藥，他吃了藥就會由奄奄一息變得……變得更精神啦！」

詩小姐聽得皺眉，這位張醫生真的不懂說謊。

「甚麼是奄奄一息？」晴晴不解問道。

詩小姐不等張曼霖開口，連忙搶白：「就是很倦想睡覺的樣子囉！你看爺爺是不是這樣呢？」

晴晴懂了，輕輕點頭。

趙爺爺見到孫女情緒大致平伏，也就安心的說道：「記得要乖，聽哥哥姐姐的話，知道嗎？爺爺最喜愛的小朋友就是晴晴喔！」

「如果我不乖呢？」晴晴之前哭得太過用力，緊張感一消失就開始睏，她眯着眼睛伏在詩小姐肩上。

「爺爺也一樣疼你。」趙爺爺吃力的咳嗽道：「可是晴晴不乖，爸爸媽媽會罵喔！」

「晴晴會乖乖……」她緩緩進入夢鄉。

至少她不會見到自動作作車把我帶走了，趙爺爺心滿意足地望着詩小姐抱着晴晴的身影，嚥下最後一口氣。

「嘩」屏幕傳出提示音，畫面又是一開始的小女孩，她一字一字的說道：「恭喜大家成功過關。老師說大家表現好好，人質好好，所以有獎勵。」

開始時的高爾夫球車又駛至，每輛高球車上面都坐着一個人形機械人，機械人身邊都帶有一個橙色小盒子，跟張曼霖這兒用的急救箱是同一樣的款式。

帶頭的機械人拿着其中一個橙色盒子走到張曼霖跟前，說道：「每位成員可獲一次 IV 注射特殊治療，急救員張曼霖小姐請決定自行負責注射，或者由自動單元進行注射。」

「沒所謂，你們會扶大家上車嗎？」張曼霖鬆了一口氣，現在她才發現自己是多麼的累。

「正確。現在開始移送。」

※　※　※

對比起雪茄，杜永權還是喜歡酒多點。其實他早在第一關卡完結前，就已經悄悄把一瓶 2018 年的 Château Lafite Rothschild 藏起，正是爲了慶祝時用。

他見到詩小姐和張彪完好無缺的回來，既不意外，亦大感意外。他猜到陳啟樂心地良善不願傷人，可是沒想到由始至終陳啟樂眞的沒有動他們一條寒毛，明明這樣可以大大提升關卡分數同時手刃仇人。

杜永權斟了一杯酒遞給詩小姐，她還未接過已經開始流淚。

「我眞幸運，可以再見到杜先生！我還以爲自己死定了。」詩小姐想到幾乎被曾建德強暴的經歷，眼淚更缺堤不止。

「哭成這樣我眞沒用……」詩小姐哭到激動處，不小心打翻了酒杯，她的裙和雙腿濺滿了紅酒：「啊！對不起！弄瀉了杜生的酒……」

杜永權沒說話，只是上前緊緊摟着她吻下去。

※　※　※

張彪跟杜永權交待過事情發展，杜對於曾的死並不感興趣，只是對於張沒有及時從他的屍體中拿走黑客手機有點惱火，但也僅限一句輕責而已，之後就沒有指派他做甚麼事情。

詩小姐回來後，杜永權馬上召她進去然後關上門。

張彪聽着詩小姐極之放蕩的呻吟充斥整間名店，甚是沒趣，也就離開找自己的消遣去了。

今天他沒有心情去美食廣場 KTV，轉爲登上 3 樓，走到一間寫着 G Goal 的漫畫店，店內盡是他年輕時追看過的漫畫。

張彪拿起一本相當古舊的薄裝武打漫畫，裏面是主角練武提升功力修爲的情節。變強有甚麼意義？就是爲了打倒更強的敵人囉！

打倒了之後呢？要變得更強！在張彪大部份的人生裏，這種哲學是成立的，練更強的身體！賺更多的錢！變強就是爲了變得更強！

他翻到奸黨屠村的情節，其實他痛恨這些弱者，他們沒有變強，是懶惰，是能力不足，全部都該死。張彪其實一直都很支持反派減少這些無用人口。

「弱爆了。」他脫口自言自語道。

爲甚麼主角要爲這些村民挺身而出？張彪從前沒有細想，他一直覺得主角和反派也好，都是找個理由打一場而已，勝者全取。

直至今天，他見到陳啟樂他們的所爲，這是漫畫不會出現過的情節。

※ ※ ※

陳啟樂不情願的醒來，他很久沒睡得這麼好。到底現在是甚麼時候？他轉身時不慎碰觸到背部的電擊傷患處，想起還有8分才完成任務，嚇得立即彈直身子。

一開眼，原來已經回到大本營家品店，他身邊放了一盒美食廣場的越南生牛肉湯河粉，早已涼掉湯也完全滲到河粉裏頭。他查看手機，時間顯示已是傍晚，換言之任務早已結束。

到底任務是怎樣結束的？自己又是怎樣回來？

梁志達拿着餐盤走進來，見到陳啟樂打招呼道：「終於醒來啦？張醫生很厲害，她說是系統派機械人團隊帶我們回來的。」

「甚麼？那趙爺爺呢？」

梁志達輕輕嘆氣，搖了搖頭：「謝愛媛在外面照顧着晴晴。」

他才說完，外面馬上傳來謝愛媛的呼救聲：「救命呀！搶劫呀！」

二人馬上衝到外面，只見謝愛媛一邊抱着晴晴，一邊用身體頂着一台人形機械人。機械人不斷伸手欲搶走謝愛媛懷中的小童。陳啟樂立刻衝上前推開機械人，對方被他推得向後蹌了好幾步，然而並沒有還擊或抵抗的意思，站穩後又繼續朝謝愛媛方向走過去。

陳啟樂和梁志達聯手推開機械人，對方只是不斷想搶走晴晴。

「急救員張曼霖到場，請讓路！」張曼霖從扶手電梯那邊趕過來，機械人一聽到她的話，立即退後原地佇立。

「發生甚麼事了？」張問道。

「機械人想抓走晴晴！」謝愛媛連忙哄拍晴晴，只見她睡得正酣，軟軟的伏在謝愛媛身上。

張曼霖上面探了探晴晴鼻息，說：「請把她平放在地上讓我檢查。」

謝聞罷大驚，半信半疑的照辦。

張曼霖再爲晴晴探脈搏和呼吸，她馬上開始作心肺復蘇急救，不斷作胸外壓以及人工呼吸，試圖把一點生命帶回趙可晴弱小的身軀中。張曼霖努力一輪後，滿頭大汗的搖了搖頭。

機械人馬上會意動了起來，上前伸手抱走晴晴，這次謝愛媛沒有阻止，只是站在一旁拭淚。

「晴晴，你記得捉緊爺爺的手，聽爺爺的話，知道嗎！」謝向逐漸遠去的仵作機械人喊道：「哥哥姐姐會想念你的！」

謝愛媛開始飲泣，那是一種夾雜怒氣和悲傷的哭聲。

「爲甚麼？」

陳啟樂輕拍她的肩，安慰道：「晴晴找爺爺去了，她是安心從你懷中走的。」

謝愛媛一聽，立即崩潰伏在陳啟樂懷中痛哭。她很快收斂情緒，退後兩步說道：「我要自己靜一靜。」

謝愛媛離去後，梁志達和張曼霖也各自離去。

「霖！」陳啟樂叫住了張曼霖。

「甚麼事？」她轉過身問道。

「我是怎樣回來的？任務是怎樣完結的？」

「趙爺爺完成電擊後過關，大會提供特別治療作獎勵，然後用機械人把大家運回來的。」

「你到底甚麼時候當了機械人的同事？」陳啟樂心頭有股無名火，急需發洩。

「我不是機械人同事。」張曼霖只是淡淡的回答：「你需要回去吃飯了，我用魂幣買了晚餐給你。」

「噢？那是你買的嗎？怎麼會買湯河粉？湯都沒啦！你這是沒有常識嗎？」陳的怒火再次被燃起。

「那是你常點的晚餐。我不談了，先回去急救站。」

陳啟樂終於按捺不住：「又是急救站！你是不是打算永遠在這兒當值？」

張曼霖沒有回答，頭也不回的走遠。

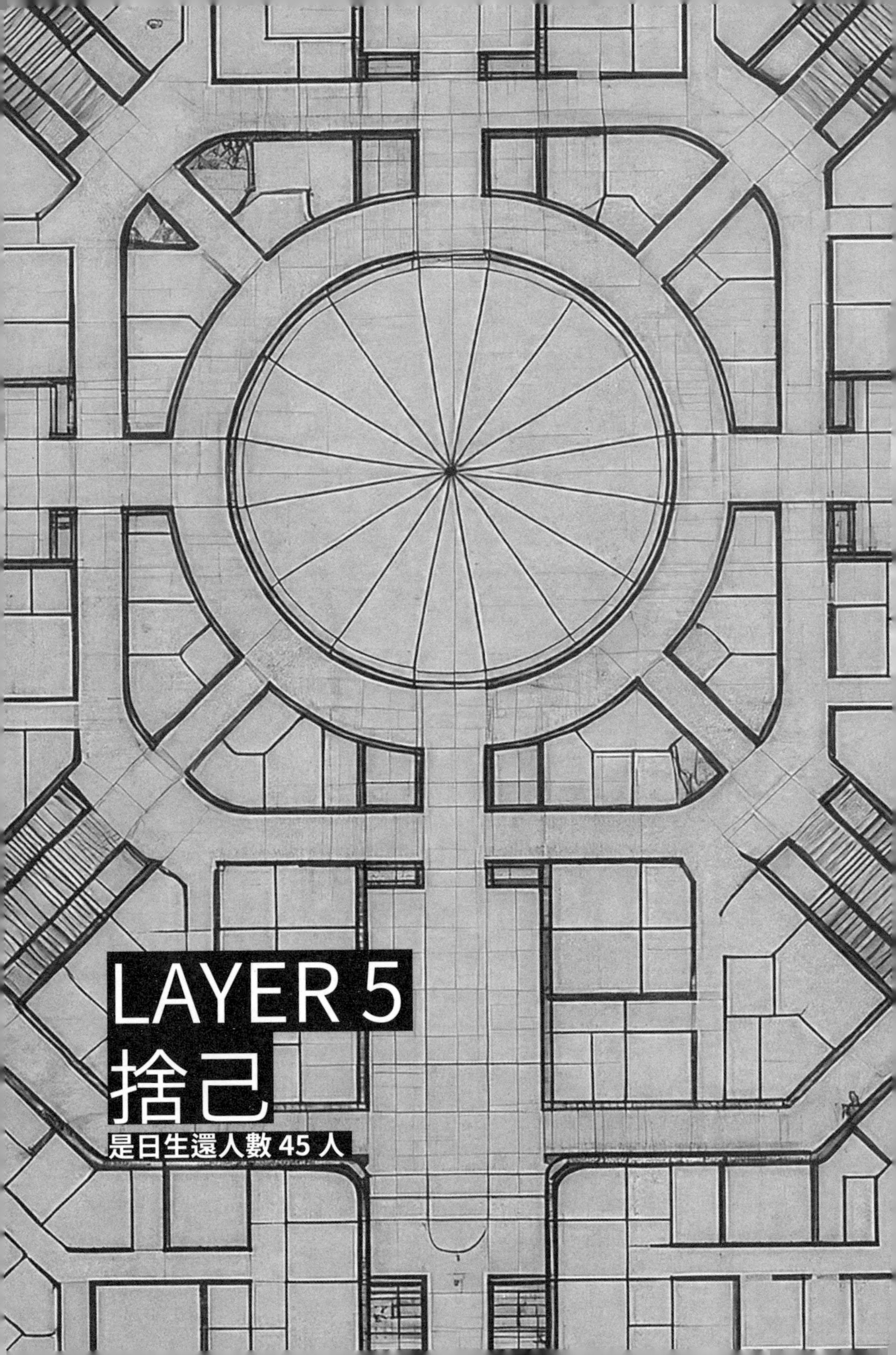

LAYER 5
捨己

是日生還人數 45 人

最後一個關卡說明一反常態，居然早了一晚公告。一台帶着屏幕的無人機飛到杜永權的房前，「嗶」一聲提示他上前接受指示。

這次屏幕上出現的，是個有點貴氣的婦人，大約四、五十歲開外。

杜永權眼眉一揚，警惕起來。這位虛擬主持的樣子明顯是按着他亡妻模樣塑造出來的，但卻不是十足，只有七、八成相似。這種煤氣燈心理操控很高明，對方不是百份百還原杜妻的樣子，目的是旨在令杜永權質疑自己，到底是不是自己想太多了？因爲杜太也是公衆人物，有大量訪問及公開活動紀錄，要忠實還原一定沒有問題。

如果是普通人，肯定會陷入自我懷疑以及焦慮當中。當杜永權警覺到對方嘗試在操控自己，腦中馬上展開了邏輯樹，推測對手意圖以及各種博奕。

貴婦用着同樣八成相似的口吻跟他說：「最後一個關卡，你要穿過一條走廊，走廊的盡頭就是終點。」

屏幕換成西翼其中一角，是很普通的商場店舖組合，左右兩排的商店以及大約四、五人寬的通道，中間是天井，下面是五層的樓層。兩邊商店外圍尚有一排商店，中間有一條勉強夠兩個人通過的窄巷。

整條走廊大約三百公尺左右，正常成年人大約五多分鐘左右走完，雖然他不肯定走廊盡頭是否終點，但是無論如何，要強行衝過去，也只是數分鐘內。

貴婦聲音再響起：「走廊一帶佈置了殺手無人機陣，會射殺任何進入範圍的人。」

屏幕畫面換上西翼一角的平面圖，大約有十來個紅點在閃動，標示着無人機群的巡邏位置。

杜永權心中盤算無人機的數量，其實這一關卡相當簡單，以他累積的魂幣資本，足以購買大量的免死金牌，輕鬆的從正面離開。

「權。」貴婦柔聲道：「還記得之前講過如何處置對手會有代價嗎？」

「怎麼了？」杜永權相當反感被虛擬角色親暱地稱呼自己。

「這個關卡殺手無人機數量多寡，正是取決你上一回合怎樣處置另一組的成員。」

畫面顯示一個清單，上面寫着：

【通電 x 1.5】【處決 x 2】【處決白鈕組員 x 4】

平面圖變得密密麻麻滿是紅點，杜永權看了只有失笑。這種壓倒性把人打成蜂窩的數量，再多免死金牌也不夠。

貴婦輕柔的問道：「當初你想不到有這種後果吧？」

無論是電腦系統還是幕後的操盤手，打破了一貫慣例，說了多餘的話試圖牽動杜永權的情緒。

說這種話的人，往往希望透過勾起罪疚感，令對手接受某些方案。當然了，杜永權離開這兒後，就算他自己想息事寧人，整個北半球的軍、商、政圈也會要求徹查和報復，這幫人必然永無寧日。

到底他們打算要撕票？勒索？不必留着今天才動手。能夠憑空建出這個超巨大商城，毫不着跡的作大規模擄拐，這種超乎認知的財力和執行力，他們完全可以輕易向任何政府進行奪舍攻擊，整個內閣拐走，掏空權力中樞變成自己的工具。

可是，操盤人試圖情緒勒索他，就是有所求，有所求，就能操作槓桿交易。

「對，眞想不到。」杜順着對方去回應。

「你有甚麼打算？」婦人微笑問道。

「不知道，這種情況確實令人困擾。」他在誘使對方快點亮出意圖，同時盡量透露自己最少的想法。

婦人打量着他，別有一種脫俗的風韻，她徐徐說道：「從來也沒有人可以左右你做甚麼，可是也許這種需要控制的慣性，會跟邏輯上最合理的選擇相沖。」

杜永權笑了，她是爲接下來的要求舖墊。

「小心被『害怕不可控』這回事控制了你。」婦人說完這句就下線了，沒有要求，沒有交易，甚至沒有說得上是指令的東西，只有一句形而上的提示。

杜永權只見到自己在屏幕上的倒影。

※　※　※

陳啟樂和謝愛媛分別推着手推車，上面有三個大塑膠箱，都是梁志達、光仔以及兩位男士這幾天努力的成果。

梁志達小心翼翼的打開第一個箱，入面有好多白色糊狀的東西，以透明膠袋包成一個個球狀物。

他揉着通紅的眼睛道：「連夜做的，我一直以杜永權他們作假想敵，想不到最後一關居然是對付這些機械傢伙。」

「這些是漿糊彈，裏面是爽身粉和膠水。」梁志達解釋道：「我故意把封口做得很鬆，在空中它就很容易頃瀉出來。一旦無人機的旋翼沾到這些東西，它的速度和準繩都會暫時受影響。」

衆人望了一眼遠方的無人機群，這麼密集沾到一兩台應該不太難吧？

梁志達再打開第二個塑膠箱，入面是兩個藍色的滅火筒。他向陳啟樂點頭示謝，說道：「全靠陳大哥才找到這個，二氧化碳式滅火筒，可以用來擋住無人機視線。」

最後一個膠箱有一柄膠水槍、一對透明膠手套以及一大瓶不明化學劑，梁志達很快就把它重新蓋好，說道：「通渠水，如果遇上無人清潔車或者機械人，朝它外露的電路位置噴上去，我不肯定效果有多好，只是最後手段而已。記住千萬別沾上皮膚，會灼傷的！」

吳卓熙打量着這些裝備，問道：「為甚麼沒有汽油彈之類的東西？有易燃品威力不是更好嗎？」

梁志達搖搖頭：「汽油彈很難打中無人機。無人車或機械人外殼都很堅固，汽油彈的傷害不會太高。再說，這兒沒那麼多汽油可以製作合用的數量啦！」

「這些都很好。」陳啟樂豎起了姆指讚許，可是他心底知道，這些業餘的武器只能令大家感覺良好，實戰時未必有太大幫助，杯水車薪而已。他注意到梁志達腰間纏着一些奇怪東西，問道：「你腰間那些是甚麼？」

梁志達聽罷，答：「喔，這個是嗎？」他解開束帶，原來是一個熊布偶背包，裏面裝有一條沾有血污毛巾。

「這是晴晴的背包，毛巾是鄧家怡的，可惜我沒有東西可以紀念阿成。」梁志達答道：「只好在心中啦。」

大家想到之前的隊友，一時默然無語。

陳啟樂心中想，有多少人能夠闖過第一條走廊呢？

先走進旁邊的小店通道，也許可以避過第一波火力。可是小店的通道極窄，如果有死傷者倒地，很容易被前後堵住，變成困獸鬥。

「你們來幹甚麼？」梁志達的怒吼把陳啟樂從沉思中拉回來。眼前是杜永權一行人，張彪擋在杜前面，人群馬上退後了好幾步。

陳啟樂走上前打量着杜永權：「杜先生。」

「陳隊長。」杜永權點頭回敬。

杜永權環視四周，他的目光掃過陳啟樂那邊充滿戒心的成員，再望向他自己那邊的團隊。

他整理一下領帶，高聲道：「由這刻起，我宣布杜永權隊正式解散！所有成員以及資產全部交由陳啟樂隊長指揮！」

全場所有人簡直不敢相信自己的耳朵，尤其是張彪和詩小姐都瞪大了雙眼：杜永權絕對不可能是向他人降伏的人，他必然是位霸者，運籌帷幄，這必定有某種權謀後着。

「似乎你們已經製作了好些防身用具。現在我們合共有 16 分，可以換取防身工具。如果加上 6 個防彈護盾或者脈沖彈，會不會更有幫助呢？陳隊長你怎樣看？」杜永權問道。

陳啟樂也震撼得一時不知如何反應：「護盾……護盾較好。多謝杜先生。」他連忙觸碰自己的魂幣兌換護具。

不出數分鐘，一輛自動清潔車就把護盾都送過來，卸下貨箱的時候清潔車提示道：「無人機將會優先攻擊最近的持盾人。」

陳啟樂拿起護盾打量，這跟紀律部隊常見的防暴盾牌完全不同，盾身是都市戰用灰色迷彩，材質更堅固，似乎可以輕鬆抵擋大部份手槍子彈。

一旦組成了盾陣，整個作戰計劃又會完全改變，大家可以在較寬闊的大走廊行動，攻擊和防守的手段也較多。再說，之前說明也有提及無人機將會優先攻擊持盾者，這樣戰術靈活性就大大提升，梁志達的投擲武器有掩護之下，效果將更佳。

分發盾牌後，梁志達忙着預備各種裝備。陳啟樂獨自站在前方觀察。

謝愛媛提着不稱身的防彈盾悄悄走近，她輕輕清一下喉嚨吸引陳啟樂注意。

「甚麼事？」陳問道。

謝愛媛耳根通紅，輕聲道：「樂，你有 IG 帳號嗎？」

「有哇，你想交換嗎？我帳號是◆◆◆」陳啟樂有點不明所以。

謝用心記下，輕聲道：「如果我們成功離開這兒，我會……靜靜的在 IG 暗戀你。」她不等陳啟樂回應就急急跑開了。

梁志達很耐心的分發防身道具，當中漿糊彈數量最多，每人平均都有兩包。滅火筒由詩小姐和張曼霖兩位女士負責。梁志達把通渠水灌入水槍內遞給陳啟樂，說道：「遇上無人清潔車用這個，它們前方擋板之間有一條大接縫。」

「還有，出去之後，別跟人說我喝過廁所水。」

陳微微一笑，接過水槍。

六個盾牌分別由陳啟樂、張彪、梁志達、謝愛媛、杜永權以及吳卓熙組成盾陣。陳、張二人負責頭陣，梁志達和杜永權負責側翼，因爲他們選了左邊的走廊，左側都是商店，所以集中防護右方。謝愛媛和吳卓熙守尾陣。

陳啟望點算一下人頭，扣除持盾人後還有三十多人，盾陣根本不可能有效地保護這麼多人。

「人太多，我們一次保護不了。」陳啟樂衡量着盾陣的縫隙然再道：「我們要分三次護送才行。」

第一波是女性以及狀態較弱的成員。陳啟樂一敲盾牌示意：「聽我指示出發，千萬別脫陣！開始～走！一二！一二！一二……」

盾陣不徐不疾的進入無人機的攻擊區域，他們看到紅色的雷射點密密麻麻的聚集在自己盾牌上，馬上就感受到很大量子彈的衝擊。無人機體積不大，只能配備口徑最小的 .22 子彈否則承受不了後座力，雖然這種子彈致命程度較低，卻很容易卡在體內。

無人機從右方以及前後包圍他們，陳啟樂感到槍擊開始密集，大喊：「煙霧！」

張曼霖看準機會，拿着滅火筒從盾牌後噴射出一大團煙霧作掩護，果然無人機群再度啟動索敵雷射。陳啟樂見一擊得手，馬上追擊：「漿糊彈！前方！每人一發！」

盾陣內衆人在煙霧掩護下，紛紛擲出漿糊彈，陳啟樂也不理命中了多少，再次號令：「起步走！一二！一二！一二……」

滅火筒煙霧只維持一段短時間，很快他們又承受着有如冰雹雨那種攻擊。當攻擊變得太密集時，張曼霖就會用滅火筒噴出煙霧。

這幾分鐘有如一整年，走廊盡頭終於在望，只見大閘被鎖上，旁邊有一顯示屏寫着：開閘倒數 00:19:56。

終點雖然有些柱角作掩護，可是一旦他們放下組員在這兒，就必須全速離開，引開無人機的注意，否則這些組員將會上爲俎上之肉，任由宰割。

「落客之後我們必須全速回程！霖，你帶滅火筒掩護他們！」陳啟樂喊道：「落客！」盾陣內的人聞聲立即衝往大閘一角躲起來。

「不掉頭了！吳同學和謝小姐！你們領頭！」陳啟樂再次喊道：「走！一二！一二！」

盾陣馬上全速後退，沒有煙霧掩護下，這次無人機的攻擊猛烈得多。吳卓熙和謝愛媛雙手被子彈撞擊震得發麻，可是因爲盾陣內的人少了，大家可以用更快的步伐移動，很快就衝回起點跟餘下的生還者會合。

回到起點一刻，見到計劃大成功，衆人不禁興奮的笑了起來。

吳卓熙雙手發酸難以繼續持盾，跟一位杜永權隊的大叔交換，改爲以滅火筒提供掩護。

「第二波出發！一二！一二！」盾陣再次起動。

無人機彈幕同樣密集，可是當吳卓熙第二次放煙霧時，他瞥到終點處出了狀況。

有數台游離的無人機，竟然發現到張曼霖等人的藏身處！

吳卓熙連忙大喊：「不好了！終點出事了！」

盾陣眾人本來只視眼前守護的方向，經吳卓熙一嚷，大家馬上朝終點方向望去。

「保持盾陣！一二！一二！」陳啟樂一臉焦急，可是聲線仍然平穩鎮定，多年消防員經驗這時候發揮出來了。

空中響起一聲又尖又響的子彈劃空聲，即使碩壯如張彪也被震踉了一小步，他的盾牌隱隱見到一點龜裂紋。這不是無人機那些.22子彈，是口徑大很多的東西。

一台守衛機械人從側巷步至，它手持一柄外觀簡陋又厚重的突擊步槍，那不是市面上任何種類的步槍型號。

與此同時張曼霖那邊傳出連串滅火筒噴霧聲，她們受到攻擊了。

陳啟樂見到機械人頸部跟軀幹接連之處，有不少外露零件，情急之下他挺着盾牌往機械人直衝，果然突擊步槍的衝擊力非常大，他幾乎整個盾牌脫手，盾身上面也出現好些龜裂紋，挨不了多久。

他搶入步槍的死角距離先用盾將槍頭壓住，右手的水槍馬上將通渠劑往機械人的頸關節猛灌。機械人伸出左手想還擊，可是它只是抓空氣，跟陳啟樂差了一大段距離。陳啟樂見狀再將水槍往機械人持槍的手腕關節灌通渠劑，然後用盾牌大力砸了好幾下，居然整枝步槍就被他砸下來了。他轉過盾牌，用盾邊沿部份朝機械人的頸猛砸，才三兩下功夫，機械人已躺在地上不斷抽搐。

他回過神來，原來自己還未死，只因爲隊友們在後面噴煙霧掩護。張彪爲他擋下不少子彈，大腿已經掛彩流血，幸虧似乎不礙移動。

突擊步槍上寫有 KAC-Veles CQC-W 字樣，陳啟樂玩過汽槍對槍械勉強有少許認識，眞槍卻是第一次拿上手。然而他馬上發現這步槍並不是爲了人類使用而設計：違反人體工學的把手、沒有任何照準的輔助、沒有消減後座力的槍托，是極之簡陋的一體成形製品。

他朝張曼霖那邊上空的無人機群開火，步槍幾乎馬上從他手中跳出來，他使勁的繃緊身體再試，雖然準頭仍然欠奉，勉強擊中一台。

「彪哥！掩護我！」陳啟樂雙手持槍，以火力開路，無人機群似乎有某種迴避指令，偵測到火力攻擊後，會分散再重組。陳啟樂雖然無法眞的擊落甚麼，卻可以憑着火力驅散無人機群，截停它們的攻勢。

還有不足百餘公尺就趕到張曼霖處，又一台持槍機械人從側巷中冒出來。陳啟樂大喝一聲，趁機械人還未反應過來之前已全速搶上前，這個機械人知道它需要一點距離才能有效射殺陳啟樂，也就沒有開槍改爲退後，可是這一退後反而更被對方搶到面前，陳啟樂知道自己的突擊步槍沒有準繩，然而在零距離下這是不重要的。

連發數槍後機械人應聲倒地，陳啟樂把槍頭當成武器，重砸機械人頸部弱點，可是他才砸了一下，腰側突然劇痛，已被無人機流彈所傷。他忍痛繼續前衝之際，只見張曼霖那邊的滅火筒噴劑已耗盡，同時另一台步槍機械人正瞄準詩小姐預備開火。

詩小姐大驚，她抓住身邊的張曼霖擋在自己前面當人盾，突擊步槍的 6.8mm 無殼鎢芯彈打中了張曼霖身體，穿透，再擊中詩小姐心臟。

「霖！！！！！」陳啟樂驚呼。

※　※　※

陳啟樂驚呼一刻，整個盾陣不巧也同時瓦解。陳啟樂和張彪搶先制伏步槍機械人的同時，好幾台無人機趁機攻擊盾陣出現的虛位。

有兩名大叔中槍，吳卓熙慌忙猛噴滅火噴霧掩護，卻不慎耗光了滅火劑，他嚇得大叫：「糟了！沒有了！」

杜永權丟下了盾牌，獨自逃進了中間的側巷。他身邊有兩個舊組員見大勢已去，也立即跟上去。

側巷的景象完全違反了杜永權的認知，他才跑了幾步，下一秒整條側巷已塞滿了數十部無人機，僵硬的停在半空完全沒有反應，就連螺旋機葉也沒有在轉動。兩個大漢組員搶先跑了上前，可是才幾步他們也呆立原地，毫無反應。

杜永權終於硬着頭皮穿過這些無人機群，他走近的時候仍然會聽到無人機「嗡嗡」的機葉聲，以及兩位大漢的腳步聲，可是眼前甚麼東西都靜止下來，毫不協調。他走到側巷接駁外面走廊的出口，再回頭一望，無人機全部不知所蹤，可是兩名大漢都已氣絕倒臥在血泊當中。

他馬上跑到終點那邊，有好幾部無人機鎖定了他，卻把子彈射往別處。杜永權笑了，千金散盡買下來的免死金牌終於有用。

※　※　※

杜永權脫陣後盾陣已經潰不成形，謝愛媛由陣尾走上前，大喝：「繼續走！所有盾牌來我這邊呀！」

梁志達和另一名大叔馬上靠前，謝高舉盾牌揮動，向無人機群大叫：「這邊呀！你們要的人是我！」她由保護組員改爲利用盾牌吸引無人機的特性，將火力全部集中到自己這邊。

新一波攻勢如暴雨般打在謝一行人的盾牌上，每走一步都相當困難。

她見到張彪和陳啟樂邊跑邊打，已趕到終點那邊，心頭略寬。

持盾大叔動脈中彈倒下。

「大家快跑！」謝愛媛已顧不了這麼多，只能繼續盡量吸收火力，好不容易挨到終點。無人機群的火力實在太猛烈，有些無人機甚至刻意作阻嚇式掃射，大家根本無法穿過閘口進入終點，只有梁志達硬着頭皮爲終點的人作掩護。

吳卓熙見到起點還有第三波的人未動身，他們除了一些漿糊彈之外就沒有任何防具。他突然生出一股新的力氣，提起了盾牌，全力往入口衝刺。

謝愛媛見狀立卽會兒，動身上前支援：「熙！我跟你一起去！」

謝愛媛一咬牙，抬高了盾牌快速地橫向穿梭困在起點的隊友。

「你們全力向前跑，絕對不能停下！」謝向起點第三波的人大喝。

「嗶」！倒數完成，終點的閘門開啟，一直被圍攻的隊員們馬上往閘門逃去。

「這邊！打我呀！」謝愛媛和吳卓熙極力吸引着無人機群的火力，他們見到掃射隊友的彈幕短暫被引開了注意，馬上高呼：「大家把盾丟來這邊，然後快跑！」

衆人照辦，果然絕大部份的火力都被牽引到謝、吳二人的方向。大家見計劃成功，最後一波隊員冒着槍林彈雨全速直奔，可是無人機群的彈幕實在太密集，很多人跑不到一半已被射殺。

謝愛媛單人能夠防禦的角度有限，無人機很快就將她包抄起來，她身上滿是紅色的雷射準星。

同行兩位傷得太重走不動的叔叔，咬緊了牙把手上最後的漿糊彈，朝着包圍謝愛媛的無人機群丟出去，漿糊彈完美命中，好幾台無人機都沾滿了漿糊，令它們的子彈都打歪了，謝愛媛要害沒有受傷，可是身上仍然中了三、四槍浴血倒地。

無人機群馬上轉移目標到兩位叔叔身上報復，雷射準星照滿了他們全身。「呯呯」十餘槍響，二人被打成血人馬上氣絕。

謝愛媛見到二人死狀不由自主的高聲哀號，她咬牙翻身，拼命的朝防彈盾方向爬過去，希望再吸引一下火力為大家拖延多點時間。

她喘着大氣自言自語道：「嘎！我沒事的……嘎嘎……我肥妹仔……皮粗肉厚！這點傷不算甚麼！」

可是無人機很快已重整陣勢，將謝愛媛圍住，這次無人機好像想確保必然命中似的，故意飛得很低。謝愛媛毫不理會全身的雷射紅點，繼續一心往盾牌方向爬。

「呯呯呯！」是突擊步槍三連發的聲音。

陳啟樂那笨蛋！怎可以折返回來！

她抬頭一望，見到張彪魁悟的身影。

張彪以怪物般的氣力，竟然可以操作那柄機械人專用的突擊步槍向無人機群開火！全自動射擊子彈很快打完，準頭也欠奉，可是他仍然擊落了好幾部無人機。張彪運勁將步槍丟了出去，又有一台被他擊落。

「我張彪只尊重強者！」他撿起謝愛媛的盾牌，擋了好幾發子彈。

「強者不應倒在這兒！」張彪把盾當武器用，一記將飛得太低的無人機砸爛。

「快起來！去陳啟樂處！」張彪再次展現驚人怪力，單手抓住一台無人機反丟出去，砸爆它的同伴。

謝愛媛聽到「陳啟樂」三個字，突然有一股新的力量，很快重新站了起來。

「多謝……你。」謝愛媛此刻百感交雜。

張彪語氣變得無比關切：「有我在，這些蟲子休想飛進去。」二人彼此都明白這是永訣了。

謝愛媛一點頭，就朝出口方向一拐一拐的狂奔。

※　※　※

謝愛媛已經只剩下往前走的本能，她一身槍傷雖不致命，但每個彈洞都在流血，她身後是一行血足印。

隧道盡頭的一點光雖然看似溫暖，卻永遠無法觸及，就像陳啟樂一樣。突然盡頭那點光移高了數尺，謝愛媛低頭一看，發現自己不知何時已經跪了下來。

不行了，這就是盡頭了吧？她索性整個人躺下，靜靜望着那一點光芒，等待最後一刻來臨。

光芒中有一個身影直奔過來，謝愛媛知道那是天使來接她走了。

不，這是比天使更棒的人，陳啟樂溫柔地跪在她面前，微笑問道：「你還行嗎？」

「我不行了。」謝疲憊的答道，她的眼皮變得鉛重，可是捨不得閉起來。

她想起還有一番話要說，離開世界之前，她好想觸摸陳啟樂一次，感受他的臉龐。

謝愛媛鼓盡最後的力氣，伸出滿是血污的手觸摸陳啟樂的臉。她氣若遊絲的說道：「樂，應承我。」

「你和張曼霖一定要活着離開這兒……你們要結婚，生好多小消防員，然後開一家消防局，知道嘛？」說畢謝愛媛就閉上雙眼，力盡軟倒。

梁志達被謝愛媛摸得一臉血污，丈二金剛摸不着頭腦。聽着她神智不清的說着夢話，大概她是想起了某個很重要的人而不是自己。

梁志達輕輕搖了謝愛媛一下，大聲道：「說甚麼生消防員的傻話？你要跟我活着離開！出口就在前面呀！撐下去！」

他一咬牙，抱起謝愛媛就往出口直奔。

※　※　※

終點大閘後是一條長長的員工通道。陳啟樂懷中抱着浴血的張曼霖，他對剛才的事只有零碎印象。他記得用突擊步槍幹掉了第三台機械人、右臂和背肩胛中彈、有很多彈幕如雨暴降、好像有人跟他喊了很多句話、跑了很多路……

眾人穿過了通道，終於來到一個「井」字結構的檢修倉庫，四邊是狹長的通道，左右兩端是通往其他樓層的樓梯，中間的天井深不見底。

眞正終點是對面一道虛掩的鐵閘，旁邊的牆身漆有「LAYER 0」幾隻大字。

張曼霖的身體正在變冷，陳啟樂必須盡快離開這兒。只要到了外面的急症室，她就有救。

可是，當他踏出員工隧道一刻，一陣熟悉的「嗡嗡」機葉聲從天井底傳出。數不清的殺手無人機，從天井底部空群噴湧出來，幾乎覆蓋了整個空間，它們紅色的雷射準星鎖定了每人的要害。

杜永權嚇得張大了嘴作不了聲，他自忖應已用盡了免死金牌，就算仍有，在這兒也不夠用。

陳啟樂閉上了眼，吳卓熙本能地舉手擋格。

員工隧道後方傳來一陣急促的腳步聲，梁志達興奮喊道：「我找到謝愛媛了……」

他話說到一半，見到前面的無人機陣以及自己身上的雷射紅點，硬生生把話吞回肚去。

空氣凝固了不知多久，突然一陣「轟隆嘩啦」響聲，鐵閘被猛然拉起。一名年約三十來歲的男子站在大門，友善地向陳啟樂招手示意。

陳啟樂張開眼，這個男子很眼熟，他好像跟這個人認識了很長時間，他還記得不久前見過這名男子的黑白照片。

對方明顯認出自己，到底這人是誰？

男子現身後，無人機群似乎不再有反應，杜永權先開步走進入口處，然後吳卓熙、梁志達也急忙跟隨。

陳啟樂抱着張曼霖，一邊打量着這名男子，對方的神情好像在讚許自己。

直至陳啟樂跨過閘門一刻，突然回憶如排山倒海湧至。

消防局、火場、萬國殯儀館、勇嫂……

「勇哥？」陳啟樂連忙回頭，只見這位消防局的舊同袍已經重新拉下鐵閘，這次他卻沒有進來，只是站在鐵閘外，揮手作別，不少成功逃脫的生還者也跟勇哥一樣，只是站在閘外揮手道別，沒有跟着一樣進來。

「勇哥！多謝你！想不到在這兒仍然要勞煩你照顧了。」陳啟樂眼角一酸，喃喃自語道。

這是幻覺還是死後的世界？為何會重新遇見勇哥？

LAYER 0

原點

是日生還人數 6 人

陳啟樂一行人跌跌撞撞的沿着員工通道走，梁志達用身軀撞開最後一扇防火門，可是眼前的卻不是外面街道景色，只是另一間雪白的房間，完全沒有任何陳設。

房間中央站了一個身穿軍官服裝的男人，看樣子大約五十開外，歐亞混血，一臉嚴肅凶悍，由額角延至後腦的大傷疤說明他有相當豐富的實戰經驗。

終於見到整個商場第一個活人了。然而眾人不禁戒懼起來，對方雖然隻身一人，可是由他獨守關卡說明應該有充份自信應付場面。

還有甚麼陷阱？這人是個武術高手？或者他也只是個機械人？陳啟樂一行人心中盤算着。

「歡迎各位來到 0 號房間，我是高上校。」男人開口，聲音沉厚充滿威嚴。

「請放心，各位在這兒將不會受到任何傷害。」高上校繼續道。

杜永權雖然一身血污，他清一清喉嚨調整一下領帶，馬上回復了跨國企業領導層的樣子：「高上校請開門見山吧！你們承諾過完成所有關卡就可以離開，出口在哪？」

高上校微微一笑，道：「我身後的門就是出口，但門後面並不通往任何街道。」

果然！大家暗忖事情不會這麼容易完結。

「我強烈建議大家聽完我的說明才打開那道門。」高上校打量着陳啟樂一行人的反應。

「事實上，我並不眞的在這兒，你們也不是。我們身處的是個虛擬空間，大家的腦袋正跟一台頂尖量子超級電腦連接着，你們的身體正躺在一個軍方科研中心內。我猜杜先生以前應該看過奇洛李維斯那齣駭客電影了？就是那種情況。」

梁志達先開口：「你是說這一切都是假的？」他望着懷中仍在淌血的謝愛媛，雖然仍有呼吸但是臉色愈見蒼白。

高上校銳利的目光跟他對接，梁不禁心頭一震，上校開口道：「不完全是假的。正是因爲你們的現實認知已經受到大幅度干擾，所以我必須在這兒協助大家重新適應接下來的現實。」

杜永權抱着手問道：「門後的『現實』又有甚麼不同？我們的身體發生了甚麼事情嗎？」

高上校報以一個讚許的眼神：「你能夠問這問題，代表你們的調整已經大致完成。那麼，我就直話直說好了。」

「大約一星期前，你們遭受到一宗極嚴重的大型交通事故，連環車輛相撞，電池猛烈自焚。觸發了地底氣爆，其中一段高架鐵路也受到波及整段斷裂，列車飛墜到鄰近一座甲級寫字樓當中，死傷者逾三百多人。」

陳啟樂聽得瞠目結舌，腦中想起跟張曼霖在車廂內冷戰的畫面，原來那已經是意外前最後的記憶。

杜永權費了很大的勁才把話說得四平八穩：「我們……都是這次意外中的傷者？」

「死者。」

高上校故意停下來，讓這兩個字慢慢沉澱。

「醫藥局規定傷者未達到『腦幹死亡』階段之前，軍部不得介入。如果沒有這個限制，我們可以救更多的人。『卡戎』系統設計原意是透過超級電腦維持瀕死者的意識完整，讓醫護人員可以不必擔心傷者腦死亡的情況下修復肉體。」

高上校身邊的空間突然閃出投射畫面，顯示一群醫護人員在手術室中忙碌，傷者大部份都被遮蓋着，唯有頭部位置有一大串電線接駁到一電腦介面中，那個介面上的圖案大家都相當熟悉：穿着長袍的船伕。

謝愛媛迷糊中咳了一聲，梁志達馬上朝大門動身。

「放心吧，活着進來這房間的人，現實中都死不了的。她的狀況目前很穩定。」高上校看透了梁志達的心意說道。

梁如釋重負的微笑道：「也沒差，這小姐是時候醒過來了，其他的話在外面再說也不遲。吳同學？」

「高上校，請問我一位同學……」吳卓熙鼓起勇氣問，高上校揚手示意他不必再說。

「嚴澤峰是嗎？你見到的不是鬼魂也不是程式碼，那是他用最後的生命力跟你溝通，系統用這種方式將訊息呈現出來而已。」

吳卓熙點頭，他眼眶又紅了，這幾天他的人生經歷是一般成年人的好幾倍。

梁志達向前走了兩步，突然想起了甚麼，轉過身向房內眾人點頭作別：「假如……我只是說假如，我們在外面失散了，大家可以到◎◎◎中學找我喔！待會見！」

高上校貼心地開門，梁志達一行人踏進去之後，高上校輕輕關門。

高上校高聲向看不見的人喊話：「給我切換病房鏡頭，吳卓熙、梁志達以及謝愛媛。」

果然，高上校身邊立即分別浮現吳、梁、李三人在加護病房蘇醒過來的情況。吳卓熙被父母緊緊摟着，需要由護士分開他們。

謝愛媛本來滿身槍傷都不見了，可是現實中她的臉色甚差，而且額角有數條不小的手術傷痕，似乎她連上卡戎接受治療之前，狀況就已經很糟。

梁志達也好不了多少，畫面中他的頭髮被剃光了有一條長長的疤痕，頭形有點不自然，可能缺了一部份顱骨。只見他在喃喃有詞唸着些甚麼，然而畫面並沒有收錄聲音。

杜永權帶點焦慮的問道：「我呢？我變怎麼樣了？」

高上校正色答道：「首先我要代表卡戎團隊感謝杜龐生命集團，整個行動能夠成事，全賴你們鼎力資助。至於杜先生身體機能上沒甚麼大礙，可是醒來之後大概要物色合用的義肢了。」

杜永權苦笑一聲，頭也不回的開門就走。

整個房間就只餘下陳啟樂、張曼霖和高上校三人。

這時高上校突然舒一口氣，揮手收起了畫面，他神色有點奇怪的望了陳啟樂一眼，就連語氣也變了另一個人似的，好像茶水間的同事閒聊一樣：「至於爲甚麼每個關卡都他媽的變態，你就得多謝杜龐生命集團了，他們的顧問團幾乎主導了大部份關卡設計，強調這樣會大幅提升杜先生的存活率，從結果來看他們又沒有說錯。」

陳啟樂沒在留心聽，他雙手已經麻木乏力，只得輕輕將張曼霖放在地上，跪在她面前端詳她逐漸變得冰冷的臉。

「張曼霖、阿成、趙爺爺、趙可晴、鄧家怡……還有許多許多的名字，他們遭受這些殘忍的折磨至死，就是爲了你這個虛擬醫療實驗嗎？」陳啟樂感到一股岩漿般的怒火緩緩由心中冒起。

高上校走到陳啟樂跟前，突然蹲下跟他面對面的問道：「別的先不說，為甚麼你抱一堆紙皮箱抱這麼久？」

陳啟樂無名火起，正想喝罵高上校時，他的視線不期然下望張曼霖的方向。

沒有張曼霖，她原本的位置居然瞬間換成了一堆紙皮箱。

「怎麼會……」陳啟樂大驚。

「張曼霖從來都不在這兒。」高上校伸手撥開前面的紙箱堆，輕拍一下陳的肩膀。

「你這是甚麼意思？」陳啟樂突然失去氣力，往後頹坐在地。

高上校矯健地站直身子，慨嘆道：「腰很久沒試過這麼靈活了，在這兒待久了也許我不會想回去呢！哈哈。」

高上校伸手點按着空氣中一些看不見的東西，突然他面前閃現一個畫面，是整個「無人百貨」參加者名單，裏面有齊每一個人的照片和名字，總人數合共八十多人。

「這裏沒有一個人真的被『殺死』……也許那位強姦人的黑客是例外，不巧被他找到一個令系統配合病人的漏洞，令他以為自己是個很強大的黑客，開始不斷改變系統的現實。他過於強大會威脅到你的引導工作，甚至會直接令杜永權失救，我們不能冒這個風險。」

「正常來說病人不會眞的殺死另一個病人，但張彪把他丟下去後，我們就中止了這個黑客的維生系統。那不是太難的決定，反正團隊沒有人喜歡他。」

「把死者拉回陽間本來就不是十拿九穩的事情，醫藥局批核了大約150個宣告腦死亡的實驗者，能用的不夠一半，我們按職業和特長去揀選了30人，這是卡戎目前的運算能力支援上限，也是整場無人百貨遊戲中的眞實人數。爲甚麼你會見到有八十多人？」

高上校用手指着自己的腦袋：「激活衰敗腦神經的方法就只有一些很原始的手段：危機感、憤怒、口腹慾望。怎樣觸發這些東西？」他望着陳啟樂的眼神，笑道：「對，你已想通了嗎？答案就是『無人百貨』這個遊戲系統。」

高上校手指一撥，名單上大部份的相片都變成黑白色，他繼續解釋道：「如何在不殺人的情況下，令大家感受到死亡危機？殺不存在的假人囉！有這些假人在，大家才會相信遊戲環境是眞正的現實。否則大家很快就會發現這是虛構的處境，然後馬上出現認知衝突，燒腦死亡。」

高上校伸手再撥，名單就只餘下活着的幾個人。

「至於爲何其他眞人會死？他們在現實活不下去了，復活腦幹本來就是成功率很低的事情。每一位失救的實驗者，在你們眼中都好像被機關陷阱殺掉了，其實並沒有，他們就只是腦神經無法維繫生命力，再死一次而已。」

陳啟樂聽得頭昏腦脹，一張張熟悉的臉孔突然都是某種扭曲的電子遊戲人偶？他拼命拯救的原來有不少都是數碼假人？這兒已經再無意義。

陳啟樂深吸一口氣，站起身，慢慢往出口走去。

「停下來！」高上校突然大喝：「那不是你的出口！」

陳啟樂已累極沒答話，只是回頭默默瞪着高上校。

「你……跟其他人不一樣。」

「甚麼不一樣？」

高上校眼神閃過一絲愧疚之情，緩緩說道：「卡戎系統只能提供環境，卻不能直接影響實驗者的行爲。在這種高壓高風險的環境下，好些實驗者可能會直接放棄、殺人或者自殺，繼而在現實中失救。爲了提升存活率，我們爲一衆實驗者安插了一名嚮導，也就是你。」

陳啟樂一臉不解的問：「你意思是說，我也是其中一個假人程式？」

高上校連忙搖頭：「你是一個活生生的眞人，陳啟樂此刻正於現實世界活着。」

「那爲甚麼我不能離開？我做錯甚麼了嗎？」陳啟樂瞪着高上校以及他身後的門。

高上校本來不怒自威的臉，忽然變得相當爲難，他在跟看不到的人在耳語交談，陳啟樂隱若聽到「臨界值到了嗎？」「生理讀數」這些字眼。

「答我！」陳怒吼。

高上校回過神來，一副欲言又止的模樣，終於他嘆了一口氣：「好吧，也沒有更好的方法解釋。」

高上校眼前再閃出一個屏幕，裏面是一個特殊治療室，器材明顯跟之前梁志達和謝愛媛那些不一樣。治療室中央不是尋常的病床，卻是一個佈滿儀器的隔離倉，倉的兩端駁滿了大小喉管和電纜。

陳啟樂知道這是他的病房，自己因爲某些緣故要躺進隔離病倉當中。

高上校語重深長地說道：「請做好心理準備，因爲接下來的畫面可能有點難受。」

「打開 C47 號倉。」

畫面中的隔離倉慢慢褪開防護層，露出透明的防護膜簾，可以見到一個赤裸的年輕男子躺在裏面，他的頭部駁滿了電腦光纖線以及維生喉管，男子身體有數不清的縫線和傷痕，彷似一塊抹布被撕成碎片，再被重新縫合起來。

雖然男子的臉被呼吸器和各種監測儀器遮蓋住了，陳啟樂知道這人就是自己。

防護層繼續向下褪開，男子的身體去到腹部以下就沒有了，只有一大堆維生喉管無間斷地抽送各種液體。男子明顯陷入恍神狀態，雖然失去意識，身體仍然不時有反射動作。

「七月十六日傍晚六時，陳啟樂先生與張曼霖小姐乘搭前往市中心途中遇上嚴重意外，陳先生慘遭分成兩截，傷重不治。」高上校繼續陳述：「同行的張小姐僅受輕傷，實屬不幸中的大幸。」

陳啟樂被眼前的畫面所迷，到底倉中人算不算活着？身體變成這樣有康復的可能嗎？

高上校輕輕嘆氣道：「年輕人，考慮到各種現實條件，將你跟卡戎系統結合，是衆多壞選擇當中沒那麼壞的方案。」

陳啟樂陷入了沉思，喃喃自語道：「我現在是甚麼？哈哈……我現在的疲累感、身上的傷口，這些都是程式反應嗎？」

高上校驚覺陳啟樂可能出現認知危機，連忙解釋道：「你的感覺是眞實的，不會受到程式影響。如果你願意，我可以指示系統將你的疲累感都消除，你就會明白差異在哪，想試試嗎？」

「不，這樣就好。如果我多吃蔬果，早睡早起勤做運動，失去的部份會長回來的不是嗎？」陳啟樂望着畫面中的自己在喃喃自語。

高上校被陳的冷笑話搞胡塗了，一時不知如何回答，只好繼續解說。

「你是卡戎的『情緒腦袋』，卡戎能夠建構出完美場景，但是無法自行生成可靠的治療輔導員。你提供的情緒回饋協助卡戎如何更好地提升病人的生存意志。矽基礎系統就是沒有辦法模擬生物反應，那是兩種完全不同的思考模式。人類是碳基礎系統……」高上校說到一半停住了。

張曼霖走進護理病房，毫不爲意保安鏡頭的另一端是誰，她熟練地替陳啟樂清潔傷口、補充維生劑，然後檢查系統是否運作正常。

「對了，張醫生在意外後不久已決定加入我們的團隊，她不眠不休的幫了我們很多大忙。」

張曼霖的左手偶然靠近了一下鏡頭，隱若見到她手上戴了戒指，陳啟樂突然睜大了眼，激動得全身發抖，無法言語。

高上校沒有留意到陳的反應，逕自在說明：「張曼霖的擬體費了我們很大功夫呢！再先進的人工智能也很難長時間瞞過身邊人。每當卡戎感到可能穿崩時，張曼霖就要親自上陣微調。所以你經常見到她無緣無故走開上廁所對吧？那是卡戎在問功課。」

「怎麼了？你沒事吧？」高上校見到陳啟樂的反應，相當錯愕。

陳轉過身沒有答話，只是揮手示意沒事，然而在這個空曠的房間中他的啜泣聲淸晰可聞。

良久陳啟樂終於平伏過來，可是他仍然背着高上校。

「我明白整個經歷相當痛苦，站在軍方立場，我可以下令要求系統抹除你的記憶，然後驅使你繼續擔任系統嚮導。可是，我想讓你自行選擇，如果你覺得這一切難以承受，我可以讓你進入休眠狀態，以一個病人的身份住在這兒療養。或者，你可以接受這個差事，協助其他傷者從死亡蔭谷中蘇醒過來。你說怎樣？」

「這只是換了在另一所消防局值勤吧？我需要簽僱傭合約甚麼的嗎？」陳啟樂努力裝出輕鬆的語氣，可是聲線仍未回復過來。

「你穿過這扇門就可以開始，另一端已經有傷者連接在線。」高上校親手拉開門，門的另一端也是個商場。

「安全起見，你的記憶將會暫時被封印起來，直至你再進入這房間爲止。感謝你願意協助我們。」高上校對陳啟樂伸出右手。

「謝謝你才對。」陳啟樂緊緊握過高上校的手，步履堅定的走進門去。

※　※　※

接駁到另一個「遊戲世界」在系統中才不過1秒左右的光景，可是在陳啟樂眼前卻是一場人生走馬燈：他在零號房的記憶、「張曼霖」的死、趙氏爺孫、搜尋氧氣罩、百貨公司搶貨物……每個畫面好像房間關燈一樣逐漸消失。

然後他見到一個大型交通災難現場的畫面，這大概是某位救援人員的隨身鏡頭記錄，因爲某種緣故儲存在卡戎的數據庫當中。

現場仍然不時飄過陣陣濃煙，傷者都被端出來放在馬路一邊進行分流。鏡頭見到昏迷不醒的張曼霖，鏡頭外傳出一把男聲道：「年輕女子，腦震盪及潛在骨折，生命跡象大致穩定，黃色區。」

然後畫面是血肉模糊的陳啟樂，救護員見了也禁不住說：「傷成這樣子，這個……這個沒救了，黑色！」

畫面中的陳啟樂手中緊握着一個小盒子，裏面裝着很重要的戒指。

他記得見過某人手上戴了這戒指，令他激動不已。

那人到底是誰？他記不得了。

甚麼戒指？

眼前只是一個無人的大型商場，他聽到遠處有人高呼：「有人嗎？請問這兒有人在嗎？」

這兒是甚麼地方？有人在求救嗎？

陳啟樂急步朝人聲方向走去。

——完——

跋

一《無人百貨》緣起

這本書其實是出自《港漫動力4》同名入圍作劇本。

年初因爲跟漫畫主筆創作理念及合作方式分歧，不歡而散。成書之時，望着同屆港漫動力的入圍漫畫家作品呱呱面世，相比之下，我就好像被踢出校的學生，正確來說是退校生才對。

根據傳統熱血少年漫畫的劇情，我大概就是被逐出武林正派的棄徒，千辛萬苦後要麼修成正果，要麼走火成魔，誓要掀起腥風血雨，至死方休。

現實不是熱血漫畫，香港流行文學銷量多少，大家心中有數，出版商不用蝕已偷笑。

所以，這部小說不是爲了向誰證明甚麼，或者爭甚麼氣。

話說上年報名港漫動力撰寫計劃書，預備面試之前，雖然已盡一切可盡之力，我仍然十分迷信地入廟求神，不求入圍，但求面試時可以全力發揮，其餘各憑天命。

結果有幸成功，可惜努力大半年後難產。本來想將此劇本束諸高閣當夢一場，但是想到故事所以得到評審青睞，多少或有人外之力，就此棄卻，白費神明一番心意甚是不敬。

既然決心動筆，就要全力做好。惟兩個月內嘔出數萬字再連自行排版，對於日更千字的我來說，就彷似一頭樹獺突然以男子 100 公尺速度競走，差點就看見人生走馬燈。

二 「卡戎」系統運作

關於卡戎系統的運作，我沒有在故事中十分詳細地說明，因爲對於敘事節奏來說，高上校連珠炮發交待的東西已經太多，另外一個理由是故事中的角色被折騰了這麼久，應該不會太過有興趣了解折磨他們的科技到底是怎樣運作。

到底人可否將意識轉移到電腦當中？我在《電都列傳》中答案是肯定的，那是年代相對比較遙遠的世界。可是以近年科技發展方向來說，似乎仍有一段不短的距離，腦神經科學專家大衛．伊格曼 (David Eagleman) 曾經表示過，人腦有上千萬個神經元觸突相連，直至近年腦神經科學家的「人類連接組計劃」(Human Connectome Project, HCP) 才開始定位腦袋不同區域到底「有可能」在負責做些甚麼，現在我們能模擬得到的，也只是小昆蟲腦袋的規模。

轉移意識之難，在於我們還未準確定義得到「人的意識」在哪兒發生，甚至「人的意識」該如何定義也搞不清楚。思考並不單純限於腦袋某一區，而是整個腦袋跟整個身體的複雜互動下的結果。比方說，我們能夠鎖定控制「手」的腦部區域在哪，但「用手寫信」跟「憤怒地舉中指」以及「彈一首悲傷鋼琴協奏曲」涉及多個不同區域協同運作，事情馬上變得無比複雜。

剛才提及的也只是腦袋而已，我們的腸臟經常被稱爲「第二大腦」，你的腸道健康又會直接對思維有影響。中醫也有描述類似的互動關於，例如怒傷肝，然而肝傷了後，人又會變得易怒。所以，要鎖定人的思想源頭是哪兒，現在仍然是起步階段。八十年代科幻故事中，把腦袋切下來丟到另一個載具之後，就能夠跑跑跳跳的情節應該不會發生，因爲意識和思考並不單單是「腦袋」這器官的事情。

伊格曼甚至曾經在訪談節目中表示，以現在全世界電腦的算力，要模擬一個人的腦神經運作仍然遠遠不夠，遑論要複製到另一台機器之上了。卡戎就是按這個技術限制去設定的，它不能完全代替人的腦袋（移植意識），患者們都必須以自己腦袋跟它保持連線。

另一點是陳啟樂成爲卡戎「情緒大腦」的設定。卡戎是某種超級 AI，現在 AI 能夠透過大量的數據訓練，模擬出類似情緒的反應，例如它能分析蕭邦樂曲的音律數據，生成風格很像蕭邦的作品，但它永遠無法感受情緒。這固然涉及前面提及腦袋和身體互動產生思考的問題，AI 沒有人類的身體，硬件上自然就無法生成人類情緒，人腦是利用化學作用去運作的碳基礎思考機器 (carbon based thinking machine)，電腦就是用電驅動的矽基礎機器 (silicon based)，產生思維的硬件有本質上的分別。

另一點關乎情緒本質，演化上情緒是人類一套快速思考系統，助我們很短時間內，以很少的資訊得出一個回應事態的策略。例如眼前的黑熊跑過來是友善擁抱還是想吃掉我？恐懼可以在你的理智思維還未想清楚之前，就先啟動逃跑或裝死所需的機制。相反，AI 本身的思考速度就很快，自然就不需要這種系統了。所以，卡戎要恰妥地模擬人的情緒，最有效就是放一個眞人進去（笑）。

三 殘酷無限流關卡

無限流對我來說是一種新嘗試。《無人百貨》選這種故事類型，主要是出於參加港漫動力的策略考慮。可是故事中的幾個關卡卻有特定意思。每一個 Layer 其實就是構成「善」的基礎，層層遞疊。

最底層是「無惡意」不帶傷害人之心是善行必要基礎，然後是對公正、平等的追求，當我知道你是一個無惡意、公平公道的人，我才可以信任你，有了信任基礎，才能夠擴展出去，化成利他模式，亦即慈悲，以及最終的捨己。

至於爲何每個關卡都在逼迫大家展示人性醜惡一面，亦即高上校口中「他媽的變態」，我記得以前喬靖夫曾經講過，眞正的正義是沒有法律、沒有人看的時候仍然做正確的事（這是他喜歡西部牛仔片的其中一個理由，純粹的善），如果將這個精神再推多一步，明明對自己不利甚至有害的時候，你會否堅持「善」這回事呢？當你知道善必定有善報，那是一種交易，如果行善未必有善報，甚至可能有惡報時，仍然堅持的善，我認爲相當純粹。

排名不分先後：感謝迴響總編伊死在這段時間幫忙提點。感謝神明冥冥相助。感謝同屆港漫動力打氣支持的同學仔。感謝家人在趕稿期間包容。感謝臨急應允出版的王先生。最後，多謝你讀到這一頁，希望你喜歡這個故事。

Takki Ma（黑人）
2025 年 7 月 1 日

// 附錄

各種機體設定

守衛者機械人 (Security Response Unit)
型號： RD-02 "Hoplite" (重裝步兵)

KAC-Veles CQC-W (非人類單元專用)
6.8mm 小型犢牛式突擊步槍

殺手無人機 (Killer Drone)
型號： UC-734 "Stinger" (黃蜂)

引路 / 監控無人機 (Guide/Surveillance Drone)
型號： UC-735 "Shepherd" (牧羊人)

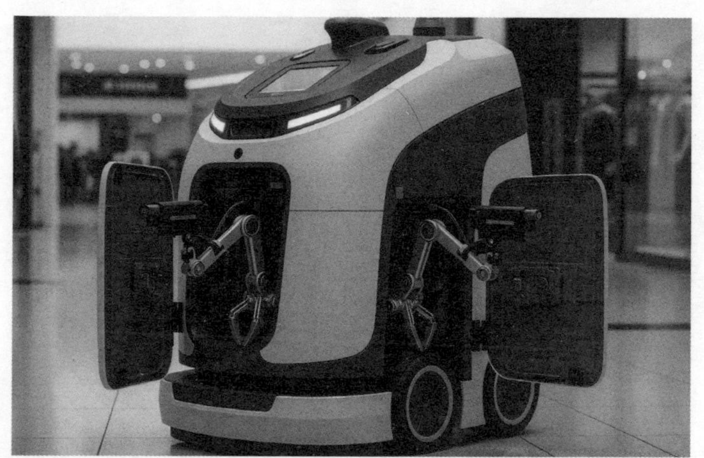

自動清潔車 (Cleaning Vehicle)
型號： AV-01 "Janitor" (管理員)

自動仵作車 (Corpse-Disposal Vehicle)
型號： AV-03 "Hygieia" (海吉亞)

.host_
C47

作者　：Takki Ma
出版人　：Nathan Wong
編輯　：Takki, Nathan
設計　：Takki
出版　：筆求人工作室有限公司 Seeker Publication Ltd.
地址　：觀塘偉業街 189 號金寶工業大廈 2 樓 A15 室
電郵　：penseekerhk@gmail.com
網址　：www.seekerpublication.com
發行　：泛華發行代理有限公司
地址　：香港新界將軍澳工業邨駿昌街七號星島新聞集團大廈
查詢　：gccd@singtaonewscorp.com
國際書號　：978-988-71366-3-7
出版日期　：2025 年 7 月
定價　：港幣 118 元

筆求人
Seeker Publication

PUBLISHED IN HONG KONG